すらすら読める日本の古典【原文付き】

徒然草（つれづれぐさ）

文❖長尾剛
絵❖若菜等＋Ki

汐文社

❖目次❖

ごあいさつ

さて、まずは読者のみなさんへ、自己紹介といこうかの。

わしの名は、兼好。

坊主じゃ。

もう結構な歳になった。ずいぶんとジイさんじゃ。

坊主のことを「法師」ともいう。だからわしのことは「兼好法師」と呼んでくれても、よい。

じつは、今でこそ「仏の道」を歩んどるが、もとは、先祖代々神社で働く「神官」の家の息子での。僧侶になる前は、卜部兼好という名じゃった。こんにちの名の読みかた「ケンコウ」は、元の名を音読みにしただけのものというわけじゃ。

われながら、少し簡単につけすぎたかの。

わしの実家は、京都で有名な「吉田神社」に勤めさせていただいとる。それで、わしは吉田兼好ともよばれとるな。

「神社のセガレが坊主になるなんて変だ」という者も、おるかの？　いや、そんなに不思議な話ではないぞ。そもそもわが国は昔から、神さまと仏さまが仲よく同居して、人々をお救いくださっとる。こうしたことをちょっと難しい言葉で「神仏習合」などとも、いうがな。

だから神社も寺も、たいていはうまくつきあっているものよ。そんなわけじゃから、わが国の伝統文化から見れば、わしのように神さまから仏さまへおすがりする相手を鞍替えするのも、特別な話ではない。

実家の卜部家は、京の都でもなかなかの金持ちだったがの。御仏に仕える身に、カネなどたくさんは要らぬ。マア、それで今のわしの身なりは、あまりきれいとはいえんがの。これでも、僧侶の資格をきちんと持った正式の坊さんじゃぞ。

ちなみに、人がそれまでのふつうの暮らしや仕事を捨てて僧侶を目指すことを「出家」

というのは、知っとるな。そして、お寺できちんと修行を積んで、正式な僧侶の資格をもらうことを「得度」という。

頭の毛をそって、自分かってに御経を唱えればだれでも僧侶になれると思ったら、大まちがいというわけじゃ。

マァ、世のなかには昔から、自分でかってに頭を丸めて僧侶のようにふるまう者も、おったがな。そういった正式な資格を持たぬ僧侶もどきは「私度僧」とよんで、区別するものなのじゃ。

だがのぉ、私度僧にもなかなか立派な者が、時々はおるぞ。寺の正しい修行経験を持たぬ身ながら、自分なりに仏さまのありがたい教えを伝えて、世のため人のために生きとる

者もおる。……めったにはおらんが。

要するに、じゃ。どんな身分であれ、肩書きや身なりだけで心のなかまでランク付けしてはいかん、ということじゃ。

わしは、もちろん私度僧ではない。だが、じつのところ、寺で暮らしとるわけでもない。寺暮らしのふつうの坊主とは、わしの生きかたはちょっとちがう。都の外れに自分の粗末な家を建ててそこでノンビリ暮らしとる。そして、都の人たちと、ふだんから色々と近所づきあいもしとる。わしは、こう見えて、身分の高い貴族にも友だちが結構おるんじゃぞ。

しかし、あくまでも立場は、御仏に仕える身じゃ。世のなかのふつうの人たちのように、組織にしばられて毎日決まった仕事をするだけといった暮らしではない。

むしろ、そうしたふつうの人たちとは関係ない立場から、世のなかをながめる。

そうするからこそ、世のなかの本当のすがたや生きることの本当の意味が、わかってくるのじゃ。

わしのように、ふつうの暮らしを捨てて世のなかを見つめる者のことを「隠者」とも呼ぶな。「世のなかに隠れ住んでいる者」という意味じゃ。隠者の暮らしは貧しいけれど、自分はだれかより偉いとか偉くないとか、身分が上だとか下だとか、そんな窮屈な人間関係にくるしまずにすむ。そこんところは、なかなかいいものじゃ。


それにしても、世のなかは変わったのォ……。

この京の都に暮らす貴族たちがこの国の支配者だった時代は、はるか大昔。

こんにちは、刀を腰に下げて馬にまたがる武士が、この国で一番いばっとる。

なにしろ、ここからずっと東の鎌倉に、武士が自分たちの政権「鎌倉幕府」を作りあげてから、もう、かれこれ百数十年じゃからの。この京の都も、鎌倉幕府にしっかりとみはられとる。貴族は自分かってに政治を行えん。

今ではすっかり、武士のほうが貴族より偉いかのような世のなかよ。

もっとも、それでも都では、貴族たちはそれなりに気楽な暮らしをしとるがの。帝のおわします御所も、昔と変わらずちゃんとあるし、武士どもも帝を敬う気持ちだけは、うしなっておらん。大昔ほど豪勢な暮らしではないにしろ、京の都は平和じゃ。

マア、今のところは、じゃが……。

武士と貴族と、そして身分の低い多くの庶民。
それぞれが、それぞれの立場で、それなりにせいいっぱい生きとる。
そんな人の世をながめて、わしもここまで生きてきた。
そんなわしが、これまで見てきたこと、聞いてきたこと、考えてきたことを、これから
思い出すまま、思いつくまま、書いていこうと思う。
マア、世のなかに残すわしの人生の置きみやげというわけよ。

題して、『徒然草』。

タイトルの「つれづれ」という言葉は、「たいくつでなんとなくボーっとしてしまって
いる様子」という意味じゃ。わしの毎日の暮らしぶりそのものじゃの。
マア、それもいいものよ……。

さて、この『徒然草』、はたしてどんな書物なのか。初めに、いっておこう。

これはな、わしが、つれづれな気分ですごす一日中、粗末なわが家のなか、机の前に腰を落ちつけて書きつづったものよ。

すずりに墨をためて筆を持ち、ボーっとしつつも心にうかんでは消える、どうということもないつまらん話を、ただなんとなく書いていったのじゃ。

こんなことしてなにになる?

書きながら、いつもそう感じて、マアわれながら「わしもバカじゃのォ……」なんてふうにも、ずっと思っていたがの。

だから、読んでくれるアンタも、気楽なヒマつぶしのつもりで、わしの話につきあってくれれば、それでよい。

では、はじめるかの。


（序段）

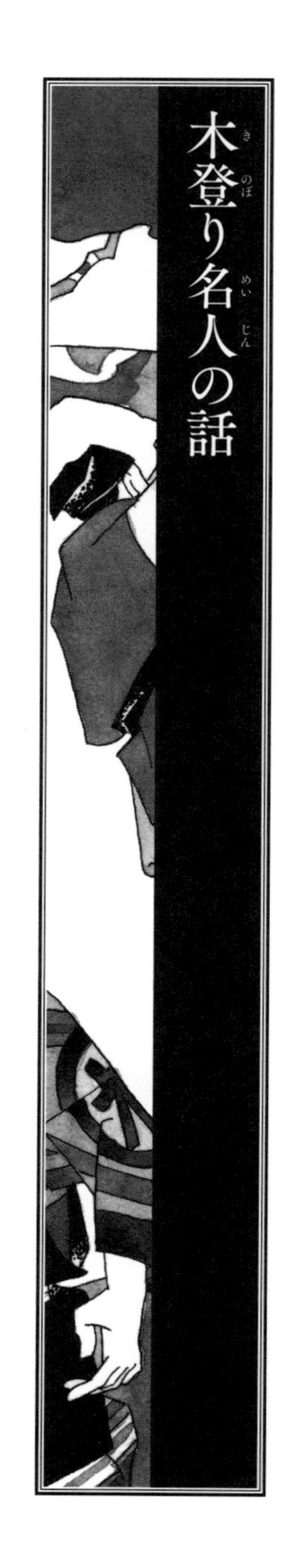

木登り名人の話

わしが、いつものように京の都をブラブラと散歩していた時のことじゃ。

あるお屋敷の前を通ると、庭で、高くそびえた木にわかいモンが登って、懸命に枝を切っておるのが、見えた。この屋敷にやとわれた植木職人が、木の手入れをしておったのじゃ。

「ほぉ、ずいぶんと高い所まで器用に登るわい」

わしは感心して、庭をのぞきこんだ。すると、木の下で別の者が、見あげながら「そっちのほうは短めに刈りこめ」とか「そこの枝はもとのトコからスッキリと切っちまえ」とか、色々と指図しておる。

「ああ、職人の親方か」

と、その者の顔を見たら、知っとる顔じゃ。

いや、知りあいというわけではない。この男は、都で「木登り名人」とよばれとる、有名な職人なのじゃ。かなり腕がいいと聞く。

わしは、思いがけず有名な男の仕事現場に立ち会えたので、ちょっと気になって、そのまま様子を見ておった。木に登っとるわかいモンも、さすがに名人の弟子だけあって、なかなかテキパキとした仕事ぶりじゃ。

やがて、刈りこみも無事に終わって、庭の木はじつにいい形になった。

「よーし。上出来だ。おりてこい」

木登り名人は満足気に、弟子に声をかけた。

「ヘイッ」

わかいモンは、スルスルと器用におりてくる。

その時、わしは「オヤッ」と思った。

というのも、弟子のおりてくるのを見あげておった名人は、弟子がずいぶんと高い所にいて危なっかしそうな時には、ただだまって待っておったのじゃ。

わしは、素人目ながら「あんな所から落ちたら、いかに身軽でもただではすむまい」と、ハラハラして見ておった。が、名人は平気な顔をしておった。

ところが、弟子が軒の高さぐらいまでおりてきて、わしが「やれやれ。ここまで下に来れば、もう安心」と思った矢先、名人は大声で怒鳴ったのじゃ。

「ミスして落ちるなよ！　用心しておりてこい！」


この注意は、おかしかろう。

どうせ、わざわざ声をかけてやるなら、もっと高くて危険な所にまだいる時にこそ、注意してやるべきじゃ。なのに、その時はだまっておった。それで、もうほとんど地面近くの安全な所に来てから声をかけるなど、やることがアベコベではないか。

わしは、どうにも腑に落ちず、庭へ入ると名人に直接聞いてやった。

「もう、すぐそこまでおりてきとる。あそこからなら、たとえピョンと飛びおりたって、わかいモンのこと、怪我もなくおりられよう。

それをなんでまた、わざわざ注意するかの？　同じ注意するんなら、もっと高くて危ない時にするのが本当じゃろう」

すると、名人はわしに顔をむけると、ニコッとわらって、こうこたえたのじゃ。

「いやァ、そこが人の心のポイントなのですよ、お坊さま」

「あぁン？　どういうことかの？」

「高い。目がクラクラする。足をかけた枝がおれそうだ。おれたら下へまっさかさま。大変だ。こわい。危険な木の上では、だれでも自然と、そんなふうに感じます。そう感じるからには、他人からアレコレいわれんでも、十分に注意する。

デッカイ危険に身をさらされると、だれだって放っておかれても、用心深くなるモンです。だからアッシも、だまってた。

ですが、ネ。失敗ってヤツは、まずたいてい、おおかたの危険が去って『もう安心』とホッとした時にこそ、やらかすモンなんです。油断が出て、ちょっと気をつけてりゃアやらずにすむミスを、やっちまう。

それでアッシは、いつも安全なトコになってから声をかけるように、しとるんですわ」

名人がわしにそんな説明をしとる間に、わかい職人はゆっくりおりてきて、無事に仕事をやりおえた。

「よし、よくやったな」

「ヘイッ、ありがとうございやした」

二人は顔を見あわせて、うれしそうにうなずきあった。


「なるほどのォ……」

わしは、この説明を聞いて、すっかり感心した。

植木職人などという身分の低い者の言葉ながら、これはじつに深い意味がこめられとる。人の道を説いた中国の偉大な書物『易経』に、「本当に立派な人間は安全な時にこそ注意を忘れない」といった言葉が、ある。これは、立派な「聖人の教え」じゃ。

この名人の言葉は、その教えと、ドンピシャリと合っとる。

こんな男が『易経』を読んどるわけはない。きっと長年の経験から、自分なりにこの教えを発見したのじゃろう。

「どんな道でも仕事でも、名人とよばれるほどの者は、立派な心がけを持つものだのォ」

と、わしはこの職人に、生きた聖人の教えを感じたというわけじゃ。


そこで、一つ思いだした。

貴族の男たちが屋敷の庭などでよくやるスポーツの「蹴鞠」。何人かで輪になって、一つの鞠を手を使わずに足だけでパスしあう、あの競技じゃ。

わしの知りあいに、あの蹴鞠がじつにうまくて評判の方がおるが、その方も、同じようなことをいっておったようじゃ。

「兼好どの。蹴鞠のテクニックは、これでなかなか奥が深いですぞ。けりかえすのがひどく難しい時のほうが、うまく鞠が足に乗るのです。で、そいつをうまくけって、ちょっと安心した気になると、かならず次のパスで鞠を落としてしまう。それがどんなにかんたんにけりかえせそうなパスでも、です」

と、そんなふうにな。

なにごとも、本当の危険とはそれに立ちむかう人の心のなかにある、ということじゃ。

（第百九段）

双六名人の言葉

都ではやっとる遊びに「双六」というのが、あるじゃろう。

二人で対戦する遊びで、やってみると、こいつがなかなか白熱する。木の盤にたて横十二本の線を引いたマス目が描いてあって、サイコロをふってでた数だけ、そのマス目にそって駒をすすめていく。そして、先に敵の陣地へすべての駒をゴールさせれば勝ちという、つまりは「陣取りゲーム」じゃな。

かんたんそうに見えて、なかなか難しい。ただサイコロの目が良ければ勝てるなんて、そんな運だけで勝敗が決まるものでもない。相手の駒の動きを見ながら、どんな順序で自分の駒を動かしていくか先の先まで考えないと、思うようには勝てん。

で、わしの知りあいの貴族に、この双六がやたら強い名人がおる。その方と対戦した者は、負けるとたいていい「なぜか、いつのまにやら負けてしまっていた」といった感想を、もらす。

それでわしは、一度その方に、聞いてみたことがある。

「双六で勝つ秘訣というのは、なんですかの?」と。

その方は、こうこたえた。

「そうですなア。『勝とう』と思って駒を打たないことですな」

「では、なにも考えずに駒を打つわけかの?」

「いえ、そうではありません。『勝とう』ではなく『負けないように』と思って、駒を打つのです。

どんな手を打つと、早く負けてしまうだろうか。

どこに駒をすすめると、不利になってしまうだろうか。

そんなふうに、自分が有利になるのではなく、敵が有利になる状況を常に考えます。そして、できる限りそうはならないように、そういった状況から遠のくように、一目一目と駒をすすめていくわけです。

つまり、ですね。自分が負けることを、まず考える。そのうえで『負けるにしてもアッサリは負けないゾ。少しでもおそく負ける。一手でも多く打って負けるんだ』と、そういう心がまえを持つのです。

そうやって勝負に挑んでいくと、最後には結局、自分が勝っている、というわけです」


いやァ、これは名言ではないか。

わしは、うなずくことしきりであった。

一つの道の極意を知りつくした者でなければ、とてもいえぬ教訓じゃ。まさに、あらゆる戦いを勝利に導く真理じゃ。

さらには、この教えは、ゲームや戦いだけに通ずるものではない。

人生にあっては、正しき生き方をする。

政治にあっては、国を平和に治める。

そうした、もっと大きくて深い人間のテーマについても通ずる。

人生は、成功だけを思ってつきすすんでいくと、きっとどこかで意外な落とし穴に落ちるものよ。

人は、そうなってから「こんな落とし穴があったなんて！」とくやしがる。ところが、じゃ。じつは、その落とし穴は、意外でもなんでもなかった。よぉく考えれば、落ちる前に気づくようなモンじゃった。

だが、成功しか考えていない者は、そんな落とし穴があるとは、ちょっとも想像できん。「落とし穴があるかも知れない」なんてまるで考えず、だから落ちる寸前まで気づかない。それで、落ちてから「意外」と感じてしまうにすぎぬ。

人は未来に、自分に都合のいい成功ばかりを考えては、いかん。失敗をも想定して、そのうえで「そうした失敗をしないように」と注意しながら生きねばならぬ。そうすれば、きっとその者は、正しく生きられる。成功の人生を歩める。

人は、どんな身分であれ、どんな暮らしであれ、この名人が述べた心がまえを、いつも肝に銘じておきたいものよ。

（第百十段）

知らんことは人に聞け

京の都には、いうまでもなくたくさんの寺があるし、神社もある。わが国は昔から、仏さまと神さまの仲がよい。だから、それぞれに仕える僧侶も神官も、なかなかうまくつきあっとる。たがいにたがいの神社や寺をお参りしあうことも、しばしばじゃ。

ところで、都に「仁和寺」という有名な寺があるじゃろ。真言宗のお寺じゃ。一口に仏教と言っても、これが、いくつかのグループにわかれておるからの。そうしたグループを「宗派」とよぶ。そして、それぞれの宗派はみずからに「ナニナニ宗」と名前をつけて、たがいを区別するわけじゃ。

もちろん、どの宗派だって「仏さまにおすがりして、心を安らかにして生きる」という基本の考えは、同じじゃ。しかしそれぞれの宗派は、いってみれば、その「おすがりするための祈りかた」がちがっておる。仏教の御経にはいくつかの種類があるのじゃが、どの御経をメインに使うかも、宗派によって異なるというわけじゃ。

真言宗は、なかなか伝統ある古い宗派じゃな。なにしろ、こんにちより数百年前の平安時代に生みだされた宗派じゃ。仁和寺は、その真言宗の寺のなかでもトップクラスの寺じゃから、そこにお勤めする僧侶だって、なかなか立派な者のはずなんじゃがな……。

ところが、のぉ。この仁和寺の坊主が、じつにバカげた失敗をやらかしたことがある。


その坊主は、もう結構な歳じゃった。なのに、その歳になるまで、あの有名な神社の「岩清水八幡宮」をお参りしたことが、なかったのじゃ。

岩清水八幡宮を知らぬ者など、おるまい。

都にそびえる、あのお山「男山」の上に建てられた、それはそれは神々しくてすばらしい神社じゃ。帝をはじめとした皇室の方々から、都の裏路地に暮らす身分の低い庶民まで、都に生きるだれもが、ありがたく信じて、この神社をお参りする。あの「加茂神社」とならんで、まさに、都のツー・トップの最重要スポットとも、いえる。

その八幡宮に行ったことがないというのじゃからな。

それはだれだって、心残りというものよ。

「一度はお参りしておかねば、死ぬに死にきれん」

と、その坊主はそこまで思いつめて、ついに決心し、岩清水への参拝にでかけた。

で、これが、だれも連れぬお参りだったのじゃな。牛車も使わず、歩いて行った。だから従者もなし。文字どおり、たった独りの参拝じゃった。


もっとも、はるかに見える男山の方角を目指してすすめば、岩清水八幡宮にはたどりつく。近くまで行けば、参拝者が毎日のようにゾロゾロ来とるから、その人ごみで「もうすぐ岩清水だ」と、気づく。迷子になって全然ちがう所へ行ってしまうなんて心配は、まずない。だから、初めてのお参りでも平気で、その坊主は独り出かけたのじゃろう。

しかしこの坊主、男山のふもとに無事ついたまではよかったが、ここで取りかえしのつかぬミスをやらかしおった。

岩清水八幡宮クラスの大きな神社となると、たいていは付属の神社やお寺が、近くにつきものなのじゃ。いってみれば、その神社の弟分の建物・オマケの神社やお寺、といったところじゃ。

先ほどものべたとおり、わが国は神さまと仏さまの仲がいいからの。

神社の弟分にお寺があっても、ちっともおかしくない。

こうした大神社に付属する小さなオマケ神社を「摂社」とよび、オマケのお寺は「神宮寺」とよぶ。岩清水八幡宮では、摂社と神宮寺の両方が、山のふもとに建てられとる。摂社のほうが「高良神社」、神宮寺のほうが「極楽寺」じゃ。もちろん岩清水八幡宮ほどではないにしろ、これはこれで、小さいながら、それなりに立派な神社とお寺になっとる。

さて、ようやく山のふもとまで歩いてきたこの坊主。まわりを見れば、ワイワイガヤガヤと、たくさんの人じゃ。その人ごみにまぎれて「ああ、ここが岩清水八幡宮かァ」と、一人で感動しきりじゃった。

で、近くを見ると、なかなかきれいな神社とお寺がある。

人々も、楽しげにお参りに立ちよっとる。

それを見た坊主、

「おお！　これぞまさしく岩清水」

と、かってに早合点。極楽寺と高良神社だけをお参りすると、もう、すっかり大満足。

「よしッ！　これですべてお参りしたぞ」

とばかりに、山の上にある肝心の岩清水八幡宮にはまったく気づかず、意気揚々とそのまま帰ってしまったのじゃ。


こうして仁和寺へ帰ってきた坊主は、じつにうれしそうに、そしてほこらしげに、参拝の自慢話を寺の仲間の僧侶たちに聞かせた。

「……と、マァこういった道のりで、ようやく一人で無事にたどりつきましてナ。この歳まで長年夢見てきました岩清水へのお参りを、ついにはたせたのですわい。

それにしても、さすがは岩清水八幡宮。前々よりうわさには聞いておりましたが、ずっとイメージしていたにも増して、じつに立派で尊くあられる建物でしたな。そのすばらしい造りを見あげて、わしは、感動で胸がふるえましたわい」

「ああ、それはようございましたな。岩清水の神さまにも、きっとあなたのお気持ちが通じましたよ」

仲間の僧侶たちもこの年寄りの話に、親切に耳をかたむけてやっていた。

ところが、ここでこの坊主、なにかを思い出したようにフッと怪訝な表情に変わると、眉をひそめて不思議そうに、こう話を続けたのじゃ。

「それにしても、ちょっと変なことが、ありましてな。わしのまわりにおった、たくさんの参拝客たち。都のあちこちから足を運んできたんでしょうが、この人たちが、ふもとの岩清水にお参りした後で、みなゾロゾロと山のほうへ登っていきよるのですわ。

それも、来る人来る人、みなですよ。お参りをはたしてヤレヤレといったところで、わざわざ山へなんぞ登らんでもよいのに……と、わしは思いますがねェ。

いったい、あの山の上になにがあるというのでしょうな？」

仲間の僧侶たちは、これを聞いて急におどろいた顔になると、あわてて聞きかえした。

「では、あなたは登らずに……？」

すると坊主、鼻高々に、

「ええ、そりゃアもう。

正直にいってしまうと、わしも少しは気になって、山の上を見に行きたいとも思ったのですがね。

しかしそこで、わしは思いなおした。

いやいや、そんなつまらん好奇心にふりまわされては、いかん。今日は、岩清水のありがたい神さまへお参りするのが、なによりたいせつな目的なんだ。お参りのついでに、興味本位・面白半分で山の見物などしては、神さまに失礼になる。わしの『岩清水を参りたい』というひたすらまじめな気持ちに、反してしまう。

……と、こんなふうにね。

そこでグッと我慢して、山の上の見物はしないで帰ってきたのです」

こういって、エヘンと一つ咳ばらいをした。きっと、まわりの僧侶たちに「それは、立派なお心がけでした」とでもいってもらって、ほめてもらえると思ったのじゃろう。

だが、まわりは、あきれるやら気の毒に思うやらで、ただだまっていたという。

この坊主、ちょっとしたミスで、せっかくの参拝をまるっきりむだにしてしまったの。

気になったのなら自分の気持ちに素直になって、その時だれかに聞けばよかったのじゃ。

「山の上にはなにがあるのですか?」と。

そうすれば、だれだって「山の上こそが、岩清水ですよ」と教えてくれたことじゃろう。そこで、ちょっとは恥ずかしい思いをしたかもしれん。が、正真正銘の岩清水八幡宮にきちんと参拝はできたはずよ。

それを、自分かってな早合点に、自分一人で納得して、結局は気づかぬうちに大失敗をやらかしてしまった。

こんなミスは、人生にありがちじゃのぉ。


どんな小さなことでも、初めての行動、初めての試みには、それをよく知っている先輩の教えがほしいいし、必要というわけよ。

少しでも知らぬことや疑問に感じることがあったなら、素直に他人さまへたずねるがよい。自分かってな解釈は、たいていまちがいに通ずるものでな。


（第五十二段）

無意識のなまけ心

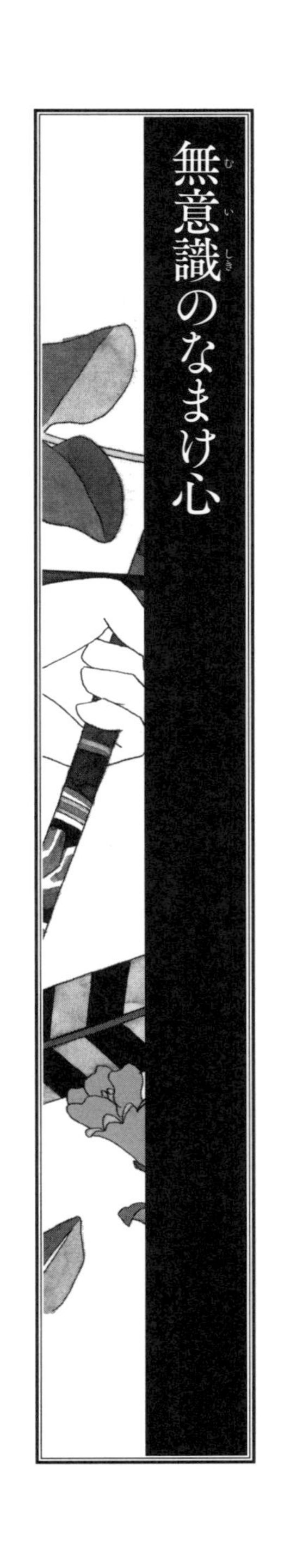

武士は、昔から「弓取る者」ともよばれとるな。武士にとって弓矢は、腰に下げた刀と同じくらい、いや、それ以上に重要で、常に身につけている武器というわけじゃ。

武士とは、本来が戦いのプロ。戦うことこそ、武士という身分にとって、人生のテーマそのものよ。だから武器は、武士の人生をささえるたいせつな道具じゃし、武器を使いこなす腕前をみがくことは、武士が日々忘れてはならぬ務めじゃろう。

マァ、わしら僧侶が御経を毎日読むのと同じようなものかの。

この京の都でも、屋敷をかまえて暮らしておる武士が結構おる。よく屋敷の庭で弓矢の練習をしとるのを、見かけるの。

で、ある武士が、師匠について弓矢の練習をしておった時の話じゃ。

その者は、まだまだ弓矢がさしてうまくはない、どちらかといえば、弓矢の初心者じゃった。

彼は、矢を二本持つと、的の前にスックと立った。そして、まず一本目の矢を弓につがえると、的にむかってねらいさだめ、弓をギリギリとひきしぼった。

その時じゃ。これをジッと見ていた師匠が、いきなりストップをかけた。

「待てっ！ そのまま射てはいかん」

手を止めた武士は、師匠のほうをふりむくと、止められた理由がわからず、師匠に問うた。

「なぜでございましょう」

「おぬし、矢を二本持ったな。どうしてかの？」

「……いや、さしたる深い理由などございませぬ。これより練習で何本も続けて射るので、とりあえず二本持ったまででございます」

彼にしてみれば、どうということのない自然な行動だったのじゃ。だが師匠は、厳しい口調でこういましめた。

「弓の初心者は、決して矢を二本持ってはいかん。かならず一本にせい」

「え？　それはまた、いかなるわけでございましょう」

「二本持つとナ、後のほうの矢を、たのみにしてしまう。すなわち、初めの矢をおろそかにする気持ちが、起こるものよ。

つまりナ、『一本目が外れても、二本目で的に当てればいいや……』と、ついつい一本目の矢を適当な気分で射てしまうのよ。

それが、いかん。弓の練習は一本一本が真剣勝負。たとえ一本たりとも、そんないいかげんな気持ちで射ることはゆるされん。

だから弓をかまえる時は、常に矢を一本だけ持つのじゃ。射るごとに毎回、『矢は、これが最後なんだ。これを外したら後がないんだ』と、そんなふうにみずからにプレッシャーをかけて、必死の気持ちで射る。

そうしてこそ、腕がみがかれて、本当に意味のある練習になるのじゃ」

この師匠の言葉は、じつに深い。

読者のアンタも、考えてもみぃ。

二本持つと適当に射てしまう、というこの師匠のいいぶん。しかし、しょせんはたったの二本じゃぞ。いっぺんに何本も矢をかかえて、次から次へとビュンビュン射ようというわけじゃなし。ましてや、師匠がにらんでいる目の前じゃ。一本目を射るのに、それを「適当にやっちまえ」なんてふまじめな態度になる者など、いるじゃろうか。

いやァ、そこまでチャランポランなヤツなど、まずおらん。

一本目の矢だって、真剣な気持ちで射るはずよ。

……と、たいていは、そう考えるのではないか。だから「この師匠の注意は、慎重すぎる。とりこし苦労だ」とも。

ところが、そうではないのじゃ。この師匠は、まさに正しい。

人間には、当人さえ気づいていない、心の奥底の気持ちというものが、ある。

それは、本人には自覚がない。「そんな気持ちは持っていない」と考えておる。しかし、じつは心のずっと奥にひそんでいる気持ちが、あるのじゃ。つまりは、無意識の自分。難しくいえば「深層心理」というやつじゃ。

そして、人はどうしたって、その無意識のなかで「楽をしたい。目の前のことを適当にすませたい」とねがってしまうもの。この師匠は、それをちゃんと見ぬいておった。

だから、そんな無意識をおさえて心の底から真剣に練習するため、「矢を一本だけにせよ」と命じたわけじゃ。

「適当に射ることが絶対にゆるされぬ、せっぱつまった状態に、自分の心を追いこめ」

と、これが、この師匠の教えというわけよ。

この教えは、弓矢の練習だけのことではない。人が学びおぼえようとするあらゆる道に、当てはまるじゃろう。

どんな道にあっても、学ぶことはつらい。それで、ついつい心の奥底で「楽してしまおう、休んでしまおう」という誘惑に、かられる。

そして、そんな無意識の自分を、正当化したがる。「ここで休んでも、俺はわるくない」と思いたがる。「ここで休んだってだいじょうぶ」と、無理に納得したがる。

夕方になれば、「明日の朝になったらまじめにやればいいや」と思う。朝になったらなったで、「夕方になってから真剣にやればいいや」と思う。

「だから今は、適当にやってもかまわない」と、心の奥で思ってしまう。「次回があるさ」といった無意識のなまけ心を、毎度毎度つみかさねていく。

こうして結局は、いつになっても本気で学ぼうとせぬまま、ズルズルと時間ばかりをついやしてしまうのじゃ。

それでも本人は、自分はまじめだと考えとる。自分のなまけ心に気づいておらぬ。そこが「無意識・深層心理」のおそろしさよ。

朝から夕方と、そんな長い時間のあいだにくりかえし起こるなまけ心さえ、本人は自覚できぬ。となれば、ましてや、弓矢の練習のように一瞬で終わることにいどんでいて、その時「心の奥に、今いいかげんな気持ちがある」なんて、まずだれも気づかんじゃろう。

人間、「一瞬たりとも気をぬかず、心の底から真剣に物ごとをおこなう」ということは、なんにつけ、まったくもって難しいものよ。

（第九十二段）

妖怪「猫また」騒動

「猫また」という妖怪を、知っとるかの?

猫が、まともな寿命をはるかにこえてとてつもなく長生きしたあげくに、妖怪に変わったものじゃ。身体がふつうの猫よりずっと大きくて、尾っぽが二股に分かれとる。妖怪じゃからな。人間なみに頭もいいし、色々なものに化けられる。


もっとも、わしは、この歳になるまで実際に見たことはない。いや、じつをいえば、妖怪と名のつくものには、まだ一度もお目にかかったことがない。

そもそも妖怪のいい伝えは昔から色々とあるものじゃが、現実に妖怪と出会えるチャンスなど、めったにないものよ。マァ、だからこそ「妖怪を見た」なんて体験談は、貴重な話として、だれもが興味を持つものなんじゃがな。

だが、妖怪のなかには、「それに会うのがどんなにめずらしい経験になろうと、決して会いたくない」というのもおる。「会ったら最後、命がない」なんて、えらく物騒な妖怪じゃ。

猫またも、そうした妖怪の一種じゃろう。

なにしろこいつ、人間を食うというからの。


さて、いつごろの話だったかのぉ。

都に、猫またが出没するといったうわさが流れたことがあった。

いうまでもなく、妖怪の住処なんてのは、たいてい人里はなれた所じゃ。人がたくさん住んどるにぎやかな所では、妖怪など出ぬのが、ふつうじゃ。当然、都に妖怪はにあわぬ。それで、都の人間は田舎の人間とちがって、あまり妖怪にはなじみがない。

ところが、このころなぜか都に、猫また騒動が起こったというわけよ。都の者は、ふだん妖怪についてあまり知らぬだけに、よけい大あわてになっての。だれもがドキドキ、オロオロと、恐怖半分・好奇心半分。都の通りのあちらこちらで、猫またのうわさで持ちきりじゃった。

「都の外の山奥に、猫またという妖怪が住みついたらしい。山に入っていった人間を、かたっぱしから食っちまうそうだ。おそろしいことよ」

と、だれかがいえば、

「いやいや、山奥の話どころではないぞ。都のこの近辺でも、猫が歳をとって猫またになっちまったヤツが、いるらしい。

それで、そいつが都の路地裏なんぞにでてきて、たまに通りかかった人間をおそっては、ムシャムシャ食うという。

都のなかでも、人気のない裏通りなどは、とても安心できぬ。一人で出歩く時は、よっぽど用心せねばなぁ」

と、まただれかが話す。

そんな調子で、都は不安な空気につつまれておった。

で、このうわさ話を、道行くとちゅうで耳にしたある坊主が、おっての。

名前はなんといったかのぉ。しかとおぼえとらんが、たしか「ナントカ阿弥陀仏」とかいう名じゃったな。ホレ、都の北のほうに、天台宗の寺「行願寺」が、あるじゃろう。その近所に住んどる坊主よ。

坊主が、自分の好きな文字の下に「阿弥陀仏」とつけて名前にするのは、最近の流行じゃからな。要するに昨今はやりの、ごくありふれた名前の坊主というわけじゃ。

それで、この男、これまた最近はやりの「連歌」に凝っておっての。まぁまぁの腕前だったようで、連歌の大会なんぞに出場しては、賞品をかせいでおったらしい。

ところで読者のアンタは、連歌とはなにかは、知っとるの？

ふつうの和歌が「五・七・五・七・七」。これの前半「五・七・五」と後半「七・七」を、それぞれ別の人間が作って、それをあわせて一つの歌にしあげる。これが連歌で、ふつうの和歌から発達した遊びの芸術じゃ。前半部分を「上の句」、後半部分を「下の句」と呼ぶ。

昔むかしの平安時代には、連歌は貴族の風流なやり取りとして楽しまれたものだったが の。たとえば恋人どうしとか、気のあった二人の友だちどうしとかでじゃ。これが最近では、何人もの歌人がグループになって作るのが、はやっとる。

いわゆる「長連歌」というやつじゃ。

上の句・下の句・上の句・下の句……と、次々につなげていって、「五・七・五・七・七」では終わらぬ長い長い歌を、作りあげるのじゃ。これを、第一の上の句担当・第一の下の句担当・第二の上の句担当・第二の下の句担当……と、何人もでパートごとに受け持っていく。

マア、たくさんの人間があつまってワイワイと楽しむ「和歌のゲーム」といったところかの。

長連歌は、歌の内容がどんどんふくらんでいくおもしろさが、格別じゃ。やってみると、これはこれで、ふつうの和歌にはないスリリングな楽しさが味わえるぞ。

大人数で楽しめるゲーム性が、あるからの。大きな屋敷の庭などで、大会もさかんに開かれるというわけじゃ。二つのグループが、たがいに即興で長連歌を作っていって、どちらがすぐれた歌になるか、審判や見物人たちの前で競争するのじゃな。

わしも知りあいの貴族に招かれて、こうした大会を見にいったことがある。結構もりあがるぞ。勝てば、大会のスポンサーとなっとる金持ちの貴族から、賞品が出る。とくにうまかった歌人には、個人で特別に賞品がもらえる。

で、この坊主は、ちょくちょく賞品をゲットしていたというわけじゃ。

猫またのうわさを耳にはさんだ坊主は、すっかりびびってしまった。そして、

「最近わしは、連歌の催しなんぞで外出が多い。これは、気をつけねば。人通りが少なくなる夜なぞは、できるだけ歩きたくないものよ。とにかく出たら早めに帰るようにしよう」

と、心に決めたのじゃ。

ところがある日、連歌の大会がすっかり長引いて、夜おそくまで続いてしまった。

さぁ、こうなっては、夜道を独りで帰らねばならぬ。

「出るなよ、出るなよ……」

坊主は、猫またにおそわれやしまいかとビクビクじゃ。

暗い家路を必死の早足で歩んでいった。

そして、ようやく家の近くの小川の縁あたりまでついた。

「もうすぐじゃ、もうすぐじゃ……」

焦りと安心の気持ちが入りまじって、足の運びもますます早まっていく。

と、まさにその時!

なにか生き物らしきモンが、タタタッとまっすぐに坊主へ突進してきた!

うわさに聞いた猫またか！

坊主は、自分の足元へ毛ムクジャラのかたまりがツツッとよってくるのを、はっきり感

じた。その時のゾワッとした感触(かんしょく)！

と、感じるが早いか、その毛ムクジャラは二本の前足をグワッとあげると、坊主(ぼうず)に組みついてきた！

「ヒャアー！」

おどろきのあまり、声にならぬ声をあげた坊主(ぼうず)。

さらにそいつは、口をガバッと開けるや、坊主(ぼうず)の首すじへ牙(きば)をあてがう！

いよいよ食われるか！

「ウ、ウワーッ、でたー！」

坊主(ぼうず)はもう、完全(かんぜん)にパニックじゃ。

気が動転(どうてん)して、ただただ悲鳴(ひめい)をあげるばかり。なんとかふりはらいたいのじゃが、身体(からだ)の力がヘナヘナとぬけて、手も足も思うように動かせぬ。腰(こし)がぬけて立ってさえいられず、そのままたおれこむと、
ドボーン！

小川へまっさかさまじゃ。

「た、助けてくれー！　猫(ねこ)またじゃー！　ヒーッ！　だ、だれかー！」

坊主は小川にはまってヘタリこむと、ビシャビシャになりながらも無我夢中でさけんだ。

「どうした、どうした」

「なんのさわぎだ」

すると、近所の者たちがこのさけび声を聞きつけ、家々から飛びだしてきた。静かだった夜の通りは大さわぎじゃ。みなは、手に手に松明を持って、さけび声の聞こえた小川を照らしだした。

すると、今にも泣きだしそうに顔を引きつらせとる顔なじみの坊主が、明かりにうかんできた。

「……これは、お坊さま。いったい全体どうしたんです」

何人かの男が小川へ入っていって、親切に坊主を抱きかかえ、上へ運びあげてやった。坊主は、ショックのあまりろくに口も聞けず、小川の縁にペタリとすわりこんだ。

「ありゃりゃ……。これはまた、もったいないことを……」

一人の男がなにかに気づいて、松明で小川をふたたび照らしてみた。すると、きれいにしあげられた扇だの、豪華な造りの小箱だの、見るからに値段の高そうな贅沢な品々が、水のなか、無残にもちらばっとる。ひろってはみたが、どれも水と泥で、とても使いものにならん。

いうまでもなく、その日の連歌大会で坊主がゲットして、だいじに懐にしまいこんでいた賞品の数々じゃ。

「せっかくのお宝、どれもダメになってしまいましたなぁ」

近所の者は、気の毒そうに坊主に声をかけてやった。だが坊主は、ようやく口を開くと、

「い、いや……。もぅもぅ、こうして命が助かっただけで……」

恐怖とぬれた寒さでガチガチふるえながら、この一言だけを告げ、あとは、うつろな目をして「助かった、助かった……。奇跡じゃ、奇跡じゃ……」と、か細い声でブツブツつぶやきながら、ヨロヨロと自分の家のなかへ入っていった。

あとに残された近所の者たち。そんなボロボロの坊主の後ろすがたを、ポカーンとした顔で見送りながら、

「……本当に、いったいなにがあったんだ」

と、ただ顔を見あわせて、たがいに首をひねるばかりじゃったそうな。

それでな、この話のオチなんじゃが……。

この夜に坊主をおそった、毛ムクジャラ。じつは、猫またではなかったのよ。
その正体は、坊主が飼っていた一匹の犬じゃった。
飼い犬が、主人の近づいてくる足音を聞きつけて、大喜びでじゃれついてきただけ、というのが真相じゃった。犬は鼻がきくからの。暗い夜道でも、帰ってきた飼い主がすぐにわかって、それでまっすぐよってきたというわけじゃ。

はてさて、この話、読者のアンタは、どんな感想を持ったかの？

（第八十九段）

冬の初めのある日のこと

わしは、京の都をブラブラと歩くのが好きじゃ。

毎日を決まったとおりの仕事に明け暮れるふつうの人間は、これといった用も目的もないのにただ歩くなんて趣味は、とても持ちあわせてはおるまい。だが、時間や用事にしばられずに、風のむくまま気のむくまま自分のペースであちこちを歩くというのは、じつにいいものじゃぞ。時として、思いもかけぬすばらしい風景を見られたり、ゆかいなできごとに出会えたりと、じつに楽しい体験が得られる。

マア、そうはいっても、やはり、いつも忙しい世間一般の人に、この楽しみをあじわう余裕は持てぬかのぅ。これもまた、貧しいながらも厳しい現実にふりまわされずにすむ隠者暮らしの特権といったところかの。

わしは、歳のわりにはからだがじょうぶでの。この健康も、日々ブラブラ歩いているおかげと、思っとる。

なにしろ京の都は、広い。御所の近くは高貴なご身分の方々の立派なお屋敷が建ちならぶ、いってみれば高級住宅街じゃ。しかし、そこよりずっとはなれたあたりでは、わしが住んどるような粗末な家々のあつまった地域も、ある。さらに都の外れとなると、人がほとんど住んでおらんような、ずいぶんと田舎びた風景のひろがる所だって、ある。わしは、そんな都の外れまででも一人で足をのばすことがあるのじゃ。

これは、そんな遠出をした時の、ちょっとした思い出じゃ。

あれは、いつの年だったかのぉ。季節は、神無月のころ、つまり冬の初めじゃった。樹々の葉も、紅葉の時期をすぎてほとんど枯れ落ち、通りには落ち葉が、風に吹かれてまっている。そんな風に、時に身を切るような寒さを感じる、そうした時期じゃった。

いうまでもないながら、神無月とは十月のことじゃ。やはり「十月」などと、ただの数字だけで月をよびあらわすのは、味気ないからの。「神無月」と風流なよび方で、あらわしたいものよ。

もちろん一月から十二月まで、他の月も同様に、風流なよび名があるからの。それぞれ、そちらのよび名であらわすのが、いわば文明人のたしなみというものよ。

一月は「睦月」。二月は「如月」。三月は「弥生」。

四月は「卯月」。五月は「皐月」。六月は「水無月」。

七月は「文月」。八月は「葉月」。九月は「長月」。

そして十月が「神無月」で、十一月が「霜月」。十二月が「師走」となるわけじゃな。

春夏秋冬、四つの季節は、この十二ヶ月の暦を均等に四つに分ければ、いいのじゃからな。うまくできとる。すなわち、一月から三月が春、四月から六月が夏、七月から九月が秋、そして十月から十二月が冬じゃ。


そうそう、そういえば、以前に、ある物知り者から聞いたことがあったがの。おとなりの国・中国のもっと遠くにある異国には、髪や目の色が黒ではない別の色をした人間が住んどっての、そうした国でも、一年を十二ヶ月に分けるらしい。

ところがこれが、わしらの国と分ける時期がずれているそうじゃ。どうやら、だいたい二ヶ月くらい、あちらの暦では時期が早いというぞ。

ということは、じゃな。たとえばむこうの一月は、まだこちらの十一月ごろか。お正月だというのに、結構寒かろうのぉ。とても、こちらのように「初春」などとはよべまい。

それに、たとえば、あちらの暦にあわせて七月の七夕祭をやろうものなら、こちらの五月ころにやらねばならなくなる。四月、五月といった夏の初めは、わが国では雨が多いからの。せっかくの七夕祭でも、雨空で天の川の星々が見えぬといったことが、多かろう。異国の暦などもちいたら、色々と不都合がありそうじゃの。

マァ、そんな見たこともない異国の暦の話などは、どうでもよかろう。

よけいな話を、ついつい長引かせてしまったの。

さてと、話をもどして……。

ある年の冬の初め、すなわち神無月のころじゃ。

わしは、ある山里に住む知人に用ができて、その知人を訪ねに行くこととなった。だが、さして急ぎの用でもなし、ブラブラといつものように、ゆったり気分ででかけたのじゃ。

知人の家にむかうコースは、ふだんはあまり歩かぬ道じゃ。わしにしてみれば、新しいブラブラ歩きのコースを見つけるような気分にもなれて、ちょっとワクワクする道のりじやった。

気をつかう連れがいるわけでもなし、まっすぐに知人の家をめざす必要もない。それで、栗栖野という所をすぎたあたりで、「ちょっとコースを変えてみるか」と、気まぐれを起こした。

わしは歩いている最中に気まぐれで、ついッとコースを変え、初めて見たせまい道などに入ることが多い。そうやって初めて出会える景色は、ふだん見知らぬものじゃからな。「ホォ、こんな所にこんな建物が……」などと、ちょっとした発見もあって、新鮮な感動をおぼえるものじゃよ。


で、この時も、通りのわきへそれる小道を見つけての。

その小道は、人一人がやっと通れるような、本当にせまい道じゃった。だが、道のかなたに目をやると、それがかなり遠くまで続いているのがわかる。苔の生えた、なかなかの風情を感じさせる道じゃ。

苔の様子からしても、めったに人が通る道ではなかろう。いや、というよりも、この道を切りひらいた当人ぐらいしか、通らぬ道ではないか。となれば、きっとこの道のむこうには、この道を作った者の家なんぞが、あるにちがいない。

そこで、わしはすぐにピンと来た。

「こんな人里はなれた土地の、さらに奥のほうにこのんで暮らしとるような者じゃ。これは、わしの仲間じゃな」

そう。きっと隠者の住まいが、この道の外れにあるのじゃろう。

ここで、わしの気まぐれというわけよ。用もないのに、その小道を歩いていったのじゃ。

すると案の定、小さくて粗末な一軒の家が、やがて目に入ってきた。

だが、粗末といっても、荒れていたりよごれていたりは、しておらんかった。一目見て、ふだんから手入れのよく行きとどいた家だと、わかった。パッと見た第一印象で、なかなかさわやかな気分を感じさせる家じゃ。

一言でいえば、いかにも隠者の独り住まいといった趣じゃったな。粗末でありながら、全体がなんとなく優雅で、変にこせついた生活臭さを、感じさせぬ。

「ふ〜む。好い感じじゃの」

わしはこの家に興味というか、親近感をおぼえて、ちょっとおじゃますることにした。

無論、門は開けはなしたままじゃ。どんな客人でも差別することなくむかえいれようという、おおらかさを、この家はかもしだしておった。

「ごめん。どなたかおられますかの？」

わしは、一応声をかけてから、家の庭へ足をふみいれた。だが返事はない。初めから人の気配を感じなかったので、留守じゃろうとおおかた察しはついていたから、そのまま気にせず、入ってみた。

いい庭じゃったの。

よくこうした山里の家には、暮らしに必要な水を川なんぞから引いてくるため、竹の筒をつなぎあわせたものを、庭先にそなえているじゃろ。「懸樋」というやつじゃが、その懸樋が落ち葉にうずまっておっての。そこから滴り落ちる清水の、ポチャポチャ……といった音のほかは、なにも聞こえん。じつに静かなものよ。

家は、庭に面して開いておる。そこに造られた縁側の端には、これまた、隠者の家の定番アイテム「閼伽棚」が、ちゃんとそなえてある。

いうまでもなく、閼伽棚とは、仏さまにお供えする水や花をおくための棚じゃ。隠者はみな、寺住まいはせぬとはいえ、仏に仕える身。なにはなくとも閼伽棚はないと、こまるからの。

で、その閼伽棚を見ると、菊や紅葉の枝が、おいてある。どちらもあざやかな色あいで、まだ新しい。きっと、まめにちょくちょく取りかえておるのじゃろう。仏さまに対してよい心がけじゃ。

それでいて、その菊や紅葉のおきかたが、いかにも無造作なところが、また好ましい。みょうに格好よく体裁をととのえたりはせず、ただポイッとおいただけ、といった感じじゃ。

なにごとも、やたらとすがたかたちを気にして格好よく見せたがるなんてのは、人間のバカげた見栄にすぎぬ。つまらぬ俗気よ。この閼伽棚には、そんな俗気は、まったく感じられぬ。仏さまに対する純粋な信心だけが、伝わってくる。じつにいい。

わしは、つくづく考えた。

「ああ、こんなさびしい土地でだって、人は心がけしだいで、心ゆたかに暮らしていけるものじゃのぉ。贅沢をもとめず、心穏やかに生きることだけをもとめるのなら、こんな不便そうな所でもじゅうぶんに生活のよろこびが得られるのに、ちがいない……」

と、じつにしみじみした感動を、わしはこの家に、おぼえたのじゃ。気まぐれにあの小道を歩いてきて本当によかったと、わしは思った。

「さて、そろそろ引きかえすか」

わしは十分な感動にひたったあとで、最後にもう一度よく庭を見ておこうと、ヒョイと目をむこうのほうにやった。すると、その庭のなかには、じつに大きくて立派なミカンの木が、あった。

「おや、これは気づかんかった」

その木には、よく熟れた、とてもジューシーでうまそうなミカンが、たわわに実っておった。ミカンを下げた木の枝がたわむぐらいに、大きなミカンがたくさんできとる。そのミカンの色がまた、初冬の空を背景にして、じつにあざやかでうつくしい。

ところが、じゃ。

「ああっ、惜しい！」

そのミカンの木、幹のあたりに目をやると、なんとマァ、厳重なかこいが作ってあって、木をグルリとかこっておる。

入ってきた者にミカンを取られぬように、ガッチリと木をガードしているというわけじゃ。

「ここに住む隠者はきっと、つまらぬ欲のない人で、おおらかで穏やかで、損得など気にせぬ、心のきれいな人にちがいない」

と、ついさっきまで、わしは思っておった。この庭のさわやかさから、そんなふうに思いこんで、一人しみじみと感動しておった。

だが、わしの思いは、アッサリ裏切られてしまった。

あれほどたくさんなっているミカン、少しばかりだれかに持っていかれたところで、かまわぬではないか。それを、まるで「一個たりとも他人にやらんぞ。このミカンは全部わしのものじゃ！」とでもいわんばかりの、あのかこいの厳重さ。

この家の住人のじつにあさましい欲ばりぶりが、手に取るようにわかる。「おおらかで、穏やか」なんて、とんでもない。なんと強欲なことか。

わしは、すっかりガッカリしてしまった。しらけきって、あの感動がウソのように冷めてしまった。

「ああ、このミカンの木さえ、なければのォ……。そうすれば、この庭は、隠者の住まいの風情として完璧じゃったのに。惜しかったのォ」

わしは、このミカンの木の存在を、うらんだ。

だが、考えてみるに、ミカンの木がなかったところで、この家の住人の欲ばりぶりまで消えるわけでもあるまい。

ミカンがあろうとなかろうと、欲ばりはいつでもどこでも欲ばりじゃ。ミカンの木に罪はない。

結局は、「ミカンの木がなければ、この家の住人の欲ばりぶりに気づかんですんだ」というだけのことよ。

人の欲望のあさましさ。その罪は、あくまでも、その人の心にこそ責任がある。

ミカンの木を責めても、しかたがないの。

（第十一段）

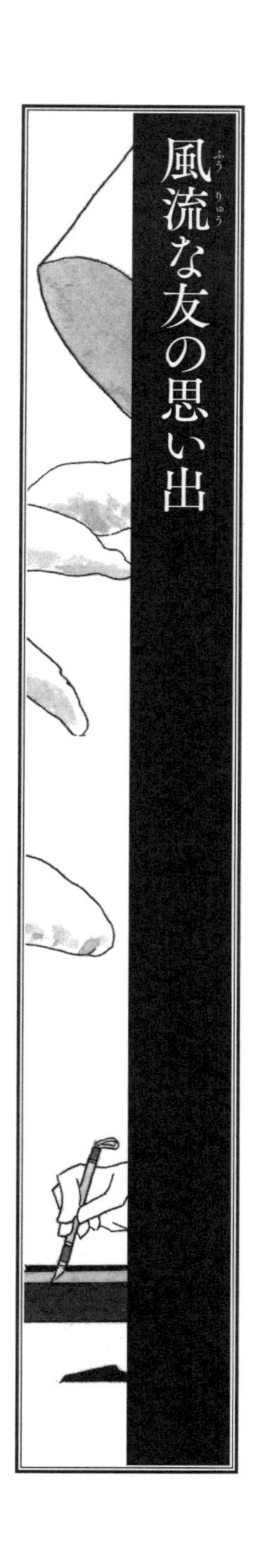

風流な友の思い出

昔、わしに一人の友がおった。

風流を愛する、心穏やかな人じゃった。気品とうつくしさをかねそなえて、さらにはユーモアのある、それはすばらしい人じゃ。ああいう人とつきあえる日々を持てたのは、大きな幸福じゃったよ。

その人に、ある時手紙を書いたことが、あった。

冬だった。雪が、それはうつくしくふっておった朝でな。都は、どこもかしこも、かがやく白で化粧されていた。

書いた手紙は、ごくかんたんなものじゃ。その人に伝えねばならない用件が、あっての。取り急ぎその用件だけを記して、急いで手紙を送ってやったのじゃ。

用件そのものは、たいした話ではなかった。伝えさえすれば、それでアッサリかたづくようなことじゃ。ほどなく、その人の返事がとどけられた。返事には「お手紙のこと、たしかにうけたまわりました」と、ほそく軽やかな文字で、つづられていた。

肝心の話は、それですんだわけじゃ。ところが、返事には「さりながら」と、まだ文面が続いておった。

「あのお手紙には、たいせつなことが書かれず、ぬけおちておりましたね」と。

はて？　なにか伝え忘れていたかの？

わしは腑に落ちず、とにかく返事を読み続けた。

「あなたのお手紙には、今朝のうつくしい雪について一言もふれておりませんでした。せっかく、こんなすてきな朝にくださるお手紙ですもの。『この雪景色を、今朝の君はどんな気持ちでながめているのだろう』といったお言葉くらい、書きそえていただきたかった。

こういった日に送る手紙に雪の話題を一言も書かないなんて、そんな風流の心を持たない方のおたのみごとなんか、お引きうけできるものでしょうかしら。

あなたからのお手紙を最後まで読んで、雪についてなにも書かれていないと気づいた時の、ガッカリした私の気持ち。あなたに、おわかりになりますかしら。
本当に残念でしたわ」

わしは、思わず一人でクスクスとわらってしまった。あの人の、ちょっとくやしそうな、それでいていたずらっぽい目元の表情が、心にうかんだ。

「なるほど。これはミスった。そちらサンのいうとおり。まったくこちらがわるかった」

わしは返事の文面にむかって、思わずそうつぶやいてしまった。

そして、そんな自分がまたおかしくて、もう一度「ふふふ……」と、一人小さなわらい声をもらした。

本来なら「承知しました」の一言ですむ返事に、こんなシャレたことを書くなんて。

その人のユーモアセンスと風流心を、あらためてしみじみと感じた。とても楽しい気分にしてもらえた。今でも忘れられぬ。

この歳になるまで、いったいどれほどの雪景色をながめてきたかのぉ。でも、あの日の朝の雪景色ほど、はっきりおぼえておるものはほかにない。本当にうつくしかったの……。

その人はな、今はもう、この世におらぬ。

その人らしい、穏やかな旅立ちじゃったよ。

この思い出も、他人さまが聞いたら、どうということのないありふれた日常の一コマにすぎぬ話じゃろうの。

でもな。わしには、この歳になったこんにちでも、時おり思いだしては、なにやら心を温かにしてくれる、たいせつな思い出よ。

だれしもきっと、そんな思い出の一つや二つ、あるものではないかの。


（第三十一段）

伊勢の国から来た鬼

あれは、いつごろだったかのぉ。たしか「年号」が「応長」のころじゃ。

いうまでもなくわが国は、一定の年間に漢字二文字の名前をつけて「ナニナニ何年」とよぶ「年号」の制度が、ずっと昔から用いられておる。これまで、国にとってたいせつな行事や重大な事件が起こると、それをきっかけに、年号は取りかえられてきた。

だいたい一つの年号は数年から十数年使うのが、習わしとなっとる。しかし「応長」は、たったの二年間しか使わなかった年号じゃった。その次の年号が「正和」で、こっちのほうは六年間ほど使われたかの。

マァ、そんな年号の話など、どうでもよい。

とにかく、応長のころに、京の都中をまきこんだ、ある大きなうわさ話が広まった。都のだれも彼もがそのうわさにふりまわされて、大さわぎした。ちょっとしたパニックになったといってもよいくらいじゃ。

しかしあれは、こんにち冷静になってふりかえってみると、じつにバカバカしいうわさじゃったの。ちょっと考えれば「そんなこと実際にあるわけない」とだれでも気づきそうな話じゃった。

それだけに、どうしてそんなバカげたうわさ話で都の人々が大さわぎしたのか、まったく不思議な話でもあった。

正直に白状してしまうとな。かくいうこのわしも、そのバカげたうわさにふりまわされたうちの一人だったのじゃ。

それは、こんなできごとであった。


伊勢の国で、人間の女が鬼に変わってしまった。それで、その「人間鬼」を連れて京の都に上ってくる者がいる。

——と、そんなうわさ話が流れたのよ。

人間鬼。

よび名からして、なんという不可思議なものじゃろう。昔からいい伝えられている妖怪などとはまったくちがう、だれも見たこともない化け物じゃ。

いったいどんな化け物なのか。だれもがたいへんな興味を持って、くわしい話を知りたがった。ところがだれに聞いても、具体的なことは、なに一つわからぬ。ただ「人間鬼が伊勢からくる」と、それだけの話が、都中の人々の口にのぼっていただけなのじゃ。

人間鬼とは、いったいどんなものなのか。どんなすがたかたちをして、どんな力を持っておるのか。

それを捕らえて連れてくるという者は、いったいだれなのか。いったい伊勢のどこでどうやって捕らえたのか。

そして、どうやってこの京まで連れてくるのか。首にひもでもまきつけて、引っぱってくるのか。それとも、大きなカゴにでも入れて、それを何人かでかついでくるのか。

こうした具体的な情報は、まったく伝わってこない。だれもが、だれかに「知ってるか?」と問い、「いや、わしは知らぬ」とこたえる。そんな状況が、都中で何日も続いた。

だいたい二十日間ぐらいは、都がそのうわさで持ちきりだったのじゃ。

それで、そのころは毎日というもの、京・白川のあたりの人々が、人間鬼が来たらぜひとも見物してやろうと、大勢してワイワイガヤガヤと大さわぎで、日がな一日、外で待ちかまえておった。白川は、都の東に流れる大きな川「鴨川」の近くじゃ。都の外からなにかがやってくるとなれば、きっとこのあたりにあらわれるはずじゃからの。

そして、また不思議なことじゃがのォ。人がやたらとたくさんあつまると、そこでさらに色々なうわさ話が出てきて、それが広まっていくものじゃ。

なんの根拠もないのにみょうに具体的な話が、だれからともなくあつまった人々のあいだで、伝わっていく。

「おい、知ってるか？ 人間鬼を連れた者が昨日、西園寺実兼さまのお屋敷に参上して、人間鬼をごらんにいれたという。西園寺さまは、そのすがたにえらくおどろかれたというぞ」

「おお、聞いた、聞いた。それでな、今日はおそれ多くも、上皇さまのお屋敷に人間鬼が参るそうじゃ」

「それは、本当か？」

「いや、だれかがそんなことをいっているのを、さっき聞いたのよ。だからたしかなところはわからぬが」

「では、今は人間鬼のヤツ、どこにいるのだ？」

「どうやら、ドコソコまで来ているらしい」

と、こういった調子で、話はドンドン広がっていく。いうまでもなく「上皇さま」とは、引退されたかつての帝のことじゃ。つまり、人間鬼のさわぎは、都のもっとも尊いご身分のお方までもまきこんでいたというわけじゃ。

だが、どの情報も、だれがいいだしたかはわからぬ。話を伝える者はみな、「だれかに聞いた」というばかりで、実際にたしかめた者など、一人もおらぬ。

なにしろ「人間鬼を実際に見た」という者は、まったくあらわれてこぬのじゃ。「だれかが見たそうだ」という話ばかりなのじゃ。

こうなると、「そんな話、うそだろう」と疑問を口にする者がでてきても、よさそうなものじゃろう。ところが、これまた、どのうわさに対しても「うそだ」という者がおらぬ。だれもが、どのうわさにも「へぇ、そうなのか」と感心するだけで、それをまた、なんの疑問も持たず別のだれかに教えている。

こうしてあつまった人々のあいだでは、ますます人間鬼の話が収拾のつかぬまま、とりとめもなく大きくなっていった。身分の高い方も低い者も、たがいに「人間鬼」「人間鬼」と、そればかりを興奮気味に話しあって、その周辺は、みょうな熱気につつまれておった。

で、ちょうどそのころに、わしは「東山（ひがしやま）」から「安居院（あぐい）」のほうへ用事があって、人を引き連れてでかけていたところでの。安居院（あぐい）は、知ってのとおり、外出（がいしゅつ）した僧侶（そうりょ）が宿に使っておる宿泊施設（しゅくはくしせつ）じゃが、それで、この白川（しらかわ）の人々のあつまりにでくわしたのよ。

「なんじゃア、この人ごみは？」

人々のみょうな熱気（ねっき）を感じたわしは、あまりのさわぎにすどおりする気にもなれず、思わず足を止めた。

「これは……。まさか、例のうわさの人間鬼（にんげんおに）があらわれたのか」

と思ったとたん、わしは急に胸（むね）がドキドキしだした。ついさっきまで思いもしなかった「人間鬼（にんげんおに）を見たい」という欲望（よくぼう）が、一気（いっき）にわきあがってきた。

「見られるのか。本当に見られるのか」

わしはもう、いても立ってもいられなくなった。

「ああ、きっとこのようなチャンスにめぐり会えたのも、仏（ほとけ）さまのお導（みちび）きじゃ！」

と、そんな考えまで、アタマにうかんでしまった。

と、その時！

あつまってワイワイとさわいでいた人たちが、急に動きだしたのじゃ。みなは、四条（しじょう）の北あたりから、さらに北を目指して、いっせいに走りだした。

「出たぞー！　人間鬼(にんげんおに)だ！　今、一条室町(いちじょうむろまち)に人間鬼(にんげんおに)がいるぞー！」

そんな声が、どこかからひびいてきたのじゃ。

さぁ、こうなると、だれもが「われ先に」と、そばにいる者をおしのけて少しでも前にでようとする。走りながら、あちこちでだれかがなにかをさけんでおるが、ただワーワーとひびくばかりで、なにをいっておるのかわからぬ。ただもう、まるでなにか大きなものにみなが一度に追い立てられているかのようじゃ。通りは、たくさんの人々の急ぎ足のおかげで、モゥモゥとすごい土けむりよ。

わしは、さすがに歳(とし)が歳(とし)じゃし、この集団(しゅうだん)と一緒(いっしょ)になってかけだす気にまでは、なれんかった。ただ呆然(ぼうぜん)と、走っていく人々を見送った。だが、それでもまだ立ちさる気にはなれんかったので、後から人々を追いかけてみた。

やがて、一条通(いちじょうどお)りのあたりを南北(なんぼく)に流れる「今出川(いまでがわ)」あたりまで来ると、人々がまた立ち止まって大さわぎしているのが見えた。

この一条室町(いちじょうむろまち)には、都伝統(でんとう)の一大イベント「加茂祭(かもまつり)」の時に上皇(じょうこう)さまがお祭りをご見物なさる「御桟敷(おんさじき)」が、建てられておる。ちょうどその御桟敷(おんさじき)あたりに、人々はあつまっておった。その人ごみの様子たるや、アリの子一匹通れぬほどの大混雑ぶりじゃ。

「人間鬼がでたのは、このあたりかー！」

「まだ来ないのかー！」

　だれもが、「ここまで来たからには、人間鬼を一目見るまでは一歩も動かぬ」といった覚悟じゃ。みなのテンションはますますヒート・アップして、今にも爆発しそうなふんいきじゃった。

　ながめているうちに、わしも、どうやらその熱気にあてられたようじゃった。ここに来て、いよいよ人間鬼を本気で信じる思いが、ムクムクと心にわいてきてしまった。

「これだけの人が、これだけのさわぎをしとるのじゃ。

　まるっきりうそということは、よもやあるまい……」

と、なんだか、今にも目の前に人間鬼が引っぱられてくるかのように、思えてきたのじゃ。

　わしは連れの者に、あわててたのみこんだ。

「あのな、あの人ごみのなかになんとか行ってみてくれ。ここからは見えんが、その先に人間鬼が来ているかもしれん。もし来てたら、その様子を見てきて、わしに教えてくれ」

白状してしまうと、その時のわしは「たしかに、ここで人間鬼を見られるはずだ」と信じこんでおって、期待で胸が高鳴っておった。連れの者も同じ気持ちだったのじゃろう。

「かしこまりました」

とこたえるが早いか、一目散に人ごみのなかに消えていった。

わしはソワソワして、連れがもどるのを待った。

「まだかの、まだかの……」

ほんのわずかな時間だったはずじゃが、ずいぶんと待たされた気がする。やがて連れの者が走ってもどってきた。

「おおっ！　どうじゃった。いたか？」

「……いえ、それが……」

えらく興奮していたわしとはあまりに対照的に、連れの者は、見るからにガッカリした様子じゃった。つかれた声で説明してくれた。

「あの人ごみの先までやっとのことで行きはしたのですけれど、その先にも、人間鬼のすがたなど影も形も見えません。

そこいらにいた者たちも、ただウロウロしているばかりで、だれもが、どうしてよいかわからないといった感じでした。

で、とにかく近くにいた者にかたっぱしから『人間鬼はいたのか？』と聞いてまわったのですが、一人として見ておらんのです」

わしは、この説明を聞いたとたん、ハッとわれに返った。

「あ……。そう……、そうじゃったか。

マァその、なんじゃ……。ご苦労じゃったの」

言葉もでず、なんとかこれだけこたえて、連れの者をねぎらってやったが、ついさっきまで胸をドキドキさせて彼を待っていた自分をふりかえると、バカらしいやら恥ずかしいやらで、急にいたたまれなくなってしまった。

わしはなんでまた、こんなデタラメな話に本気になってしまったのじゃろう……。

一気に冷めてしまったわしはもう一度、御桟敷のあるほうへ、目をやった。人々の大さわぎは、まだまだ収まりそうもない。

「人間というのはあつまると、時として、いっせいにアタマがぼやけてしまうのだのう。ちょっとアタマを冷やして考えてみれば、人間鬼などいるわけないと、だれにだってわかるはずじゃろうに……」

わしは、しばしのあいだ、人々のさわぎを見つめながら、そこにたたずんでいた。

あたりまえのことながら人間鬼などあらわれぬまま、日は暮れていった。それでも人々はなかなか立ちさろうとはせず、夕暮れのなかでいつまでもワイワイとさわいでいた。

「いったい、いつまで待たせるんだ！」

「だいたい本当に、こっちにくるのかよ。

だれだ、人間鬼が一条室町に出たといいだしたヤツは！」

「うるさいぞ！　文句のあるヤツはとっとと帰ればよかろう！」

人々も、さすがにつかれといらだちがつのってきて、だんだん険悪なふんいきとなっていった。ついには、あちこちでケンカさえしだす始末。けが人もずいぶんと出たようで、見ていたわしは、あきれるほかはなかった。

「帰るかの……」

わしは、ただ空しさだけを心に、重い足どりで立ちさった。


……と、このようなことが、あったのよ。

いわゆる「群衆心理」というもののおろかしさ、そしておそろしさ。それを肌身にしみて実感した経験じゃった。

ああ、ついでにもう一つ。このさわぎには、つけたしがあっての。このころ、世間にちょっとしたはやり病が広がったのじゃ。病そのものは、たいてい二、三日寝こむ程度の軽いものじゃったが、どうやら、すぐに人にうつる類の病だったようじゃ。ずいぶんとたくさんの人がかかったものよ。

それでな、おそらくは、病を治すご祈禱にあちこちでよびつけられて走りまわっていた法師あたりのいいだしたことじゃろうが、「あの人間鬼のさわぎは、この病の流行を予言する前兆だったのだ」などと、みょうにもったいぶった説明が、まことしやかに世間に流れた。

マア、世のなかに得体の知れぬさわぎが起こると、それをなんとか説明づけようとしたがる者も、いるからの。

わしとしては、この点はノー・コメントとしておこう。

（第五十段）

命令をよく聞く家来

多少の身分ある者にとって、なによりもたいせつなのは土地じゃな。

自分の所有地があればこそ、そこで採れる作物を売って得られるカネで、暮らしが成り立つ。持っておる土地が広ければ広いほど、カネが入って暮らしはゆたかになる。暮らしがゆたかになれば、尊いご身分の方々への贈り物も色々とできる。そうすれば、高い地位をあたえてもらえて、自分の身分もあがる。

人生の成功も栄達も、要は土地しだいというわけよ。

だいたいが、こんにちより百数十年前、ずっと東の鎌倉に武士たちがみずからの政権を打ちたてたのも、武士が土地をほしかったからじゃ。武士たちは「自分たちで切り開いた土地を、都に気がねせずに、自分のものにしたい」と強くねがい続けた。それで、いってみれば、力ずくで都から独立したわけじゃからの。

だから、いつの世でも土地をめぐる争いは、たえぬものじゃ。

土地の所有権は一応は、それを証明する書状で保証される。武士の土地は、鎌倉幕府がその証明書を発行しとる。

だが、これが結構いいかげんなようでの。

先祖が土地の売り買いをしたり、子孫にゆずる時に一つの土地を何人かに分けたり、あるいは、なにかの手柄を立てた褒美に新しい土地をもらったりと、土地の所有権は、よく人から人へと動いていく。そうした時に証明書の発行がきちんとされん場合もあって、後になってから色々とトラブルが起こりがちなのじゃ。

「この土地は、先祖代々わが家のものだ」

「いや、数十年前にうちがゆずり受けた」

たがいに自分の証明書を見せつけあって、もめにもめる。そんな争いの声を、よく耳にする。それで、武士たちが土地の所有権を争う裁判ざたが、毎日のように起こっとる。

裁きをする鎌倉幕府も、さぞかし忙しいことじゃろうて。

さて、そんな土地の争いの裁判で、負けた者があった。そいつは、「ドコソコの土地は自分のもののはずだ」とかなり食いさがったようだが、結局は、相手側に所有権がみとめられた。要するに、相手の証明書のほうが正しいと、いわれたわけじゃ。

そうと決まってしまったからには、どんなにくやしくとも、もう手だしできん。今の世のなか、まさか、刀をふりまわして力ずくで土地をうばい取るわけにもいかんしの。

だが、その者は、どうにもくやしくてくやしくて、腹の虫がおさまらんかったらしい。裁判で勝った相手を「自分の土地を盗んだ」と、うらみにうらんで、しかえししたくてたまらなかった。

それで、すっかりアタマに血が上って、少々おかしくなったようじゃ。まったくメチャクチャで無法な命令を、自分の家来に命じたのよ。

「わしの土地を裁判でうばったヤツに、一泡ふかせてやれ。あの土地に行ってな、そこにできている作物を、根こそぎかり取ってやれ。

本当なら、あそこはわしの土地。作物も、わしのもののはずよ。わしの命令でかり取ったとて、あいつが文句をいうのは、道理ではない！」

いやいや、かってにかり取ることこそ、道理に外れておる。当人がどう思おうと裁判で決まった以上、その土地は、その者の所有ではない。他人の持ちものなのじゃから。

だが、命じられた家来たちは、

「はい、かしこまりました」

とだけこたえて、手に手にカマを持つと、でかけていった。

ところが、じゃ。

その家来たち、このメチャクチャな命令にしたがうより、もっとメチャクチャな行動にでたのよ。

なんと、主人が裁判で争った肝心の土地ではなく、そこに行くとちゅうの、まったく関係ない田んぼに入っていくと、そこで手に持ったカマをふりまわして、次々とかってに作物をかっていったのじゃ。

いやもう、なにを考えておるのか。

それで、その無法なふるまいを見た人が、ビックリして、あわてて声をかけた。

「あ、あんたらッ！　なにをしとる？　ここは、だれソレの田じゃ。あんたらの主人の田ではない」

「われらが主人は先日の裁判で負けて、田をうばわれた。だから仕返しに、こうして作物をうばってやるのよ」

「いや、そんなことといったって……。第一、ここは、あんたらの主人が裁判で争った土地とは縁もゆかりもない、まったく赤の他人の土地だぞ。まるで無関係の田ではないか」

だが、こう指摘されても、家来たちはビクともしなかった。ふてぶてしくフンッと鼻でわらうと、カマをふりかざして、どなるようにこうこたえた。

「そもそも主人の命令だって、はじめから道理に合わぬ、まちがった命令なのよ。いってみれば、わしらは主人から『まちがったことをやれ』と命じられたも同じよ。

だったら、争った土地だろうが、関係ない土地だろうが、どちらを荒しまわっても変わらぬ。どっちみち、われらはまちがったことをやろうとしておるのだからな！」

そうして、まるで無関係の他人の田で、遠慮なく作物をかり取りつづけたという。

わしは、この話を聞いて、家来たちのこの奇妙な説明が、じつにおかしかった。

この家来たちのやったことは、もちろん主人の命令をきちんと守ったものではない。主人は、荒しまわる田をドコソコの田と、はっきり指定しておったのだからのう。

しかし、もっと深い意味でこの主人の命令を解釈するならば、この家来たちのいうとおりなのじゃ。

「まちがったことをやれ」と命じられた。だからまちがったことをやる。

こうした意味で「主人の命令を理解する」といった点では、この家来たちの言い分は合っておろう。そのうえで、この者たちは、「家来は主人の命令にしたがう」という主従のルールを守ったわけじゃ。

しかし、いうまでもなく根本的には、完全に誤っとる。

この世のもっとも正しい道理、「他人のものはうばわない」という、当たり前すぎるくらい当たり前の基本ルールを、この者たちは平然と破っておるのじゃからな。


こうした過ちは、世のなかよく見わたすと、あちこちに見出せるような気がするぞ。この話ほどには、それが過ちとはっきりわからんにしろ、よぅく観察してみると「なんじゃ、あの家来どもと同じじゃな」と思えるような人の行いがな。

人は、目の前の説明やこまかな決まりごと、そして上からの命令だけにしたがって、そのために大きな悪事を行ってしまうことが、よくあるようじゃ。それも、平然と、堂々とな。

まったく、人間というのは、利口なのか愚かなのか。わからぬ生き物よ。

（第二百九段）

わしの幼いころ

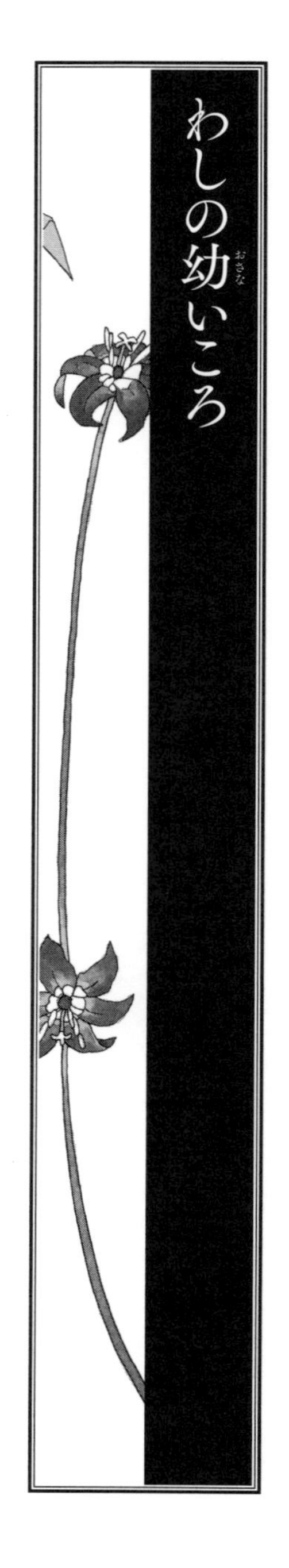

わしにも、幼いころがあったのじゃぞ。自分でいうのもなんじゃが、結構かわいい子供だったんじゃ。

歳をとると、ずっと昔の子供時代が、ずいぶんとなつかしく思い出されるものよ。楽しかった思い出がな。

わしにも一つ、よくおぼえとって、最近しきりと思い出されることが、あっての。それをここに書きとめておこう。

わしが八歳のころじゃ。父親をこまらせた思い出じゃ。

わしの実家は、初めにのべたとおり、代々神社のお務めをさせていただいとる。わしの父は、卜部兼顕という名での。帝から「従四位下」という立派な身分をいただいておった。

わしは、この父の三番目の子じゃ。

父は、ただ身分が高かったばかりではない。とてもやさしい人であった。わしら子供の相手も、よくしてくれた。幼い時分のわしは、この父と色々な話をするのが、大好きじゃった。


八歳だったころのわしは、父にこんな質問をしたのじゃ。

「父上。仏さまとは、どんなものなのでございましょう?」

何度かのべているように、わが国は、神さまと仏さまが分けへだてなく、人々より信仰されておる。どちらもが、この国をお守りくださっとる。当然、神社の子であったわしも、生まれた時からずっと仏さまにも手を合わせてきた。

だが、幼かったわしは、どうにもわからなかったのじゃ。

仏さまとはそもそもなんであろうか……と。

神さまがどんな存在なのかは、どうにか納得できていた。そもそもが、天にあってこの世をおつくりくださった方々じゃ。この世のありとあらゆる存在は、たくさんの神さまにそれぞれささえられておる。

つまり神さまとは、人間などよりずっと偉大で尊い、人間とはまったく別の存在じゃ。ところが仏さまとなると、どうもそうではないらしいと、子供心にもピンときていた。

そこで、わしは父に、問うてみたわけよ。

仏教の教えは、宗派によってこまかい点が、ちがっておる。仏さまへの祈り方も、ちがっておる。そして、どの宗派もが「うちの教えこそが正しい」と訴えてゆずらぬ。それで、宗派どうしでたがいに「オマエんところの教えは、誤りだ」とやたら非難し合う場合も、ちょくちょくあるがの。

だが、わしにいわせれば、そんなケンカに、あまり意味はなかろう。仏さまのお力で人生を守っていただき、死後には極楽へとみちびいていただく。そのありがたさと尊さの前では、宗派によるこまかなちがいなんぞあまり重要ではないと、わしは思う。

ただ、どんな宗派にしろ、大きく二つのタイプに分かれるの。

一つは、「仏さまとは、人間なんぞがとうてい追いつくことのできない、人間とはまったくちがった偉大な存在だ」と教えておるタイプじゃ。単純にわかりやすく説明してしまえば、仏さまを「人間にとって神さまと同じようなもの」としておるわけじゃ。

もう一つは、「仏さまも、もとは人間だった」と教えてくれるタイプじゃ。

そもそも人の心は、その奥に「仏さまになれる元のタネ」を宿しておる。

このタネを、「仏性」と呼ぶ。

そして、仏さまとは、人間のころにたいへん偉大なお力を持っておった方で、そのお力によって、ご自分の仏性に目覚められた。そして、仏性を心のなかで立派に育てあげ、ついに仏さまとなられた。

このように、自分の仏性に目覚めることが、すなわち「悟り」というわけじゃ。

だから人間とは、ものすごい努力を重ねて修行を積めば、悟ることができる。すなわち、心が仏さまに近づける。

と、このように教えているタイプじゃ。

となると、人々が敬い信じる仏さまとは、もともとは「われらと同じ人間だった」ということになる。そうならば、仏さまは人間にとって、とても身近で、深い親しみの持てる存在じゃ。そんな仏さまに極楽へ導いていただけるのは、とても安心できる、ありがたいことではないか。

父は、この二つのタイプの教えのうちで、後者のほう、すなわち「仏さまももとは人間だった」という教えを、わしに教えてくれた。

「兼好よ。仏さまとはな、人間がなったものなのだよ」

とな。だが、そこでわしは、さらに次なる疑問を思いうかべた。そこで、すぐに父へ問い返した。

「では、仏さまはどのようにして、もとの人間から仏さまになれたのでしょうか？」

父は、こんな質問を返されるとは予想していなかったのじゃろう。ちょっと意外な顔をしたが、すぐにこたえてくれた。

「別の仏さまに教えていただき、そのお導きによって、仏さまとなるのだよ」

なるほど。つまりは「仏さまの先輩」から教えてもらうというわけか……。

わしはここで納得しかけた。が、すぐに「アレッ？」と、さらなる疑問をうかべてしまった。

「その導いてくださった仏さまは、だれに教え導いてもらって、仏さまとなれたのでしょう？」

父は、すぐにこたえてくれた。

「その仏さまも、また別の、もっと前からいらした仏さまに教えていただいて、仏さまになったのだよ。仏さまとはこのようにして、いつも別の仏さまに導かれて、人がなっていくのだよ」

父はこう教えてくれると、「わかったかな？」とやさしくほほえんで、わしの顔を見た。

わしも、ようやく疑問がとけて気分がすっきりした。

……ような気になったのじゃが……。

「アレッ、待てよ」

わしの胸に、ここで急にムクムクと、もっと大きな疑問がわいてきた。

「えー……と、それでは、父上。ずっと昔に、初めて人を教え導いて、『もと人間・第一番の仏さま』をお育てになった『最初の仏さま』が、いらっしゃるのですよね。

でも、その『最初の仏さま』も、もとは人間だったのではないですか。それならば、その『最初の仏さま』を教え導いてくださった仏さまとは、どんな方だったのでしょう。もとのもとの『はじまりの仏さま』とは、なんなのでしょうか？」

父はここで、初めて言葉をつまらせてしまった。眉間にしわをよせ、口を「への字」に曲げて、「ムッ……」と、ちょっとした声をもらした。

子供のわしにも、父がこまっているのが、すぐに見てとれた。

「えっ？　なにかマズいことを聞いたのかな？」

わしは父の顔を見て、とつじょ不安におそわれた。しかし、わからぬことは、どうしたって気になる。わしは、父のこたえを、じっと待った。

「……ええと、兼好よ。それは、だなぁ」

父は、ようやく口を開いた。が、

「空からふってきたのだろうか、地面からわいて出てきたのだろうか。父にも、ちょっとわからぬな」

と、こう弱々しくこたえただけで、あとは「ハハハ」と、わらうばかりであった。さすがにわしも、それ以上は聞き返せず、

「あ、はい……。そうなんですか」

と、いったきりだった。いつもの自信に満ちた父の顔とあまりにちがった、気弱な表情を見てしまって、子供心に気まずくなったのをおぼえておる。

この後父は、方々で、この時のわしとのやりとりを、茶飲み話の話題にしておった。そ

して、「八歳の息子にやりこめられて、とうとうこたえきることかなわず、じつに弱らせられましたよ」と、よく楽しげにわらっておった。わしはその様子をのぞき見て、正直ホッとした。しかし、二度とあんな父をこまらせる質問はするまいと、心に誓ったものじゃ。

こんにちふり返るに、父がこのことをおもしろがってまわりに話したのは、息子の賢さを自慢したかったからじゃろう。そう考えると、あらためて子供に対する父の愛情が感じられて、それはそれで、面はゆいながらうれしくもある。

だが、あの時の父の弱りはてた気持ち。歳をとった今になって想像するに、「じつにすまなかった」と申しわけなくも思う。

なぜなら、こんにちのわしとて別の子供から同じ質問をされたら、父のようにわらってごまかすしか、なかろうからの。

わしもみ仏に仕えるようになって、もうずいぶんとたつ。それでも「そもそも仏さまとはなんなのか」、まだまだこたえを見つけられておらぬ。

もしそのこたえを見つけられたなら、それこそすっかり「悟り」を得られて、おのれの仏性をはっきりと自覚することが、できるじゃろう。

あの時のわしは、人がちょっとやそっとでこたえられるわけのない、とんでもなく難しい質問を、父にしてしまったというわけじゃ。仏の道とは、本当に遠く、けわしいものよ。

（第二百四十三段）

友人の選び方

人は、独りでは生きていけぬ。独りぼっちでいると、カネがどれほどあろうが、心が枯れはててしまう。さびしさで心が死んでしまう。友は、絶対に必要じゃ。

だが、まわりにいる者を、だれでも彼でも友としてよいわけではない。友は、選ばねばならぬ。わるい友と一緒にいると、心が乱され汚され、独りぼっちでいるよりも、もっと始末がわるくなる。

友とするのによくないタイプが、七つある。

第一に、身分がとても高くて、たいへん尊いお方だと、世間であつかわれている人。

こういうお方は、こちらが気楽に親しく付きあいたいとねがっても、それをゆるしてくれぬ。ちょっと会うだけでも、窮屈で面倒な作法やしきたりで、こちらをしばろうとする。じつに疲れはててしまう。

人の付きあいに、あるていどの作法は、もちろん必要じゃ。作法とは、いってみれば「相手に対する思いやりを形にしたもの」だからの。そういったものを守ればこそ、人どうしの付きあいはうつくしく、すがすがしく行える。

だが、物事にはなんでも限度がある。

度をすぎた作法は、形ばかりがこまかくなって、本来たいせつな「人付きあいのすがすがしさ」を、かえって損ねる。

だから、会うたびに窮屈すぎる作法を求めてくるようなお方とは、友とならぬほうがマシなのよ。

第二に、自分よりずっとわかい人。

人にはそれぞれ、自分が生まれ育った時代がある。その時代のなかで、おのれの趣味も生まれ、価値観も育っていく。

だから、同じ時代を共有してきた同世代の人とは、たがいに気があって、おのずと楽しく付きあえる。しかし、そうでない相手とは、どうしたって趣味も価値観もちがってくる。

問題なのは、そうした歳のちがう者どうしで、たがいの趣味や価値観をみとめあわず、たがいに相手をバカにしたり、非難したりすることじゃ。

「なんだ、若造の分際で！　なにもわかっていないくせにナマイキな！」

「なんだ、アタマのかたい年寄りが！　偉そうに、古くさい考えを押しつけてきて！」

と、そんな仲たがいを、してしまう。

そんな気分のわるい思いをするくらいなら、いっそのこと歳のはなれた者どうしは付きあわぬほうがよい。

第三に、身体のどこもわるくなくて、健康そのものといった人。

こういう者はな、身体の弱い人や、病につらい思いをしている人の、日々の苦労が理解できぬ。だから、やさしさや思いやりがうすい。

他人に対する思いやりというのは、「ああ、あの人も私と同じようなくるしみを味わっているんだなぁ」といった同情心から生まれるものじゃ。まるっきり不幸を知らぬ者が、不幸とはなにかを本当にわかるわけがない。人間の理解力は、それほど立派なものではない。

だから「私は生まれてこの方、病気になんぞなったことがない」などと、平気で病人の前で自慢するような無神経な者に、わが友とする価値など、ないのじゃ。

第四に、酒を好む人。

酒は、わるいものではない。ほどほどにたしなむのなら、結構なものよ。

だが世のなかには、「酒に強い」ということが、さもすばらしく自慢できる力かのように勘違いしておる者が、いる。そうした者は、酒をあびるほど呑んで酔ったあげくまわりに迷惑をかけることが、あたかも自分の自慢話・武勇伝かのように思っとる。

まったくバカげた考えよ。そんな者もまた、友とするに足りぬ。

第五に、強くて勇敢な武士。

こういう者はな、遠くからながめておる分には、なかなか立派なのじゃ。ところが、じっくり付きあってみると、たいてい気が荒っぽくて、心にこまやかさがない。下品な話を平気でしてよろこんだり、無神経に女性をバカにしたりする。要するに、無知でわがままな悪ガキと同じなのよ。

なぜ、そんなふうになってしまうのか。それは、武芸に熱心すぎるあまり、弓や馬の訓練ばかりに日々を費やして、書物に接したり風流の道を学んだりすることをおろそかにしてきたからじゃろう。つまり、身体ばかりをきたえて、心を育てることを怠ってきたからじゃ。

こういう者を友としても、こちらの心が傷つくばかりよ。友にする価値はない。

そして、第六に、うそをつく人。

第七に、欲の深い人。

こういったタイプを友としても、なんの益もなくこちらが迷惑するだけなのは、いうまでもないじゃろう。

……といったところじゃ。この七つのタイプは、少なくともわしは、友としたくはないの。

さて、友とするにわるいタイプだけならべてそれでオシマイというのも、物足りなかろう。

次には、友とするによいタイプの人を、教えておこう。これには、三つある。

第一に、物をくれる友。

いつでも気前よくなにかをくれる人、という意味ではない。こちらがなにか本当にこま

った時、自分が多少の犠牲をはらってでも助けてくれようとする人じゃ。
そういう友がくれる物とは、カネかもしれぬ。食べ物かもしれぬ。
あるいは、その友の「時間」かもしれぬ。つまり、こちらがこまっている時に、自分の

用事は後回しにしてでもこちらに来てくれて、手助けをしてくれるのかもしれぬ。そんな友は、そばにいてくれると思うだけで、本当に心強くなれる。わしも、友とはたがいにそんな関係でありたい。

友には「兼好はそんないいヤツさ」と、いってもらいたいものよ。


第二に、医者。

歳をとるとな、自分の身体のことが、わかいころには思いもしなかったほどに、日々心配になる。そんな不安を相談できる友がいたら……と、本当にねがう。そして、その相談に親身になって耳をかたむけてくれる医者が友であってくれれば、これほど心安まることはない。


第三に、知恵のある友。

知恵があるというのは、やたら物知りだというのとは、ちがうぞ。物知りの友など、それだけでは、そんなにありがたくもない。物事の知識を知りたければ、友などにたよらず、自分で調べ学べばよいのじゃからな。

知恵とはな、「人生のさまざまななやみやくるしみを味わう他人に、的確なアドバイスができる力」のことなのじゃ。そうした力のある人と色々な話をすると、人生にとってじつに有益なことを、自然と教えてもらえる。こちらの心を豊かに成長させてくれる。

だが、本当に知恵のある人というのは、そうそうは見つからんの。なにしろ深い知恵を身に付けるためには、かなりの学問を積んで、かなりの人生経験を経なければならんからの。これがどちらか一方だけでは、本当に深い知恵には結びつかん。

もちろん、わしとて「自分に知恵がある」とは、おこがましくて、とてもいえん。

わしの数少ない友人たちにしても「兼好は、知恵があるからいい友だ」とは、思ってくれてはおらぬじゃろうて。

（第百十七段）

昔の武士

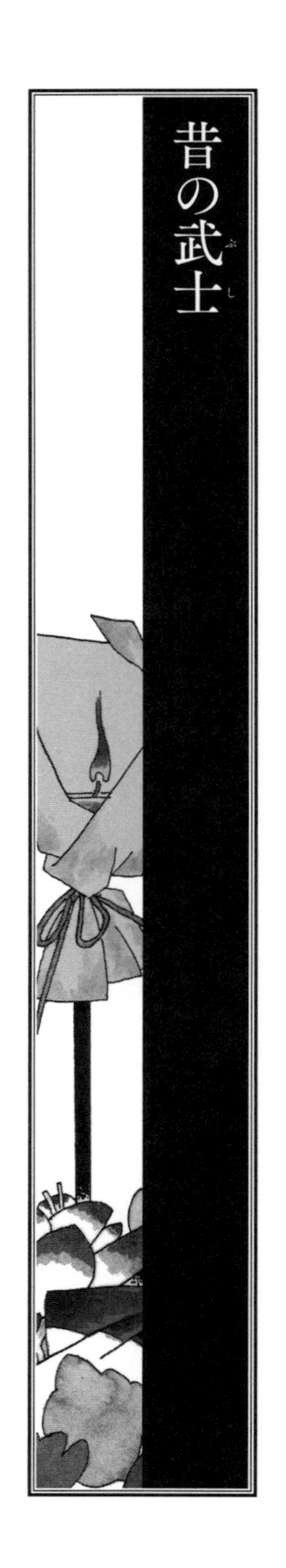

武士たちが都から独立した政権を鎌倉に打ち立てて、この国を支配するようになってから、もう百数十年。それを都では、いまだに「気に喰わん」と思っておる人々が、いる。

「この国はすべて、京都の貴族たちが支配するのが、本当なのだ。武士など、貴族の下働きにすぎぬはずだ。武士が支配する今の世のなかは、まちがっている」

と、そんなことをやたらと訴える勢力が、あるのじゃ。

マア、身も蓋もなくいってしまえば、

「平安時代の栄光を取りもどせ！」といいたいわけじゃろう。

が、そんな夢物語を、今さらさけんだとて、どうしようもなかろう。

現実には、すでに武士の支配でこの国は安定しとる。

わしは、今の世は、これはこれでよいと思っとる。この国の支配者が武士だろうが貴族だろうが、世のなかが平和に治まって、身分の高い方も低い者も、それなりに暮らしていけるのなら、それ以上、なにを不満に思うことがあるものか。

わしが思うに、武士の支配を恨めしく思っている連中の本心は、突きつめていけば、「世のなかを自分のものにして、もっと贅沢をしたい」といった、大きな欲望に動かされているだけではないかの。

贅沢を求める人の心は、しょせんは、自分かってな行動しか生まぬ。そんな心は、決して世のなかを正しく導いたり、よりよくしたりするエネルギーには、なり得ん。


昔の武士は、この点で感心じゃった。贅沢を求める気持ちが、じつにうすかった。

そんな武士の心を伝える一つのエピソードがある。かつて鎌倉幕府トップの実権者であった北条時頼殿にまつわるものじゃ。

北条時頼殿は、知ってのとおり、鎌倉幕府第五代の「執権」じゃ。幕府は、形のうえでは「将軍」がトップということになっとるが、実際には将軍の補佐役である執権が、最高実力者となっとる。つまり時頼殿は、この国のすべての武士の頂点にあった人物というわけじゃ。

引退してからは僧侶となって、最明寺に入られた。だから、こんにちでは「最明寺の入道殿」などとお呼びする。

その時頼殿にまつわる、ちょっとした思い出話を、やはり当時の幕府の重臣だった平宣時殿が、語ったのよ。宣時殿がずいぶんとお歳を召されてから、わかいころの思い出として話したことじゃ。

それは、こんなエピソードであった。

ここから先は、宣時殿が語った言葉を、そのまま紹介しよう。


最明寺の入道殿が、まだ執権・北条時頼さまとして幕府内でバリバリと働いていらっしゃったころのことでした。私もやはり、幕府内でのお勤めに励んでおりました。

ある晩のことです。

時頼さまより、部屋に控えていた私へ、急なお呼びがかかったのです。私は、もちろん使いの者に「すぐ参りますと、申し上げておいてくれ」と返事をして、支度をはじめました。

なにしろ相手は、執権の時頼さまです。どんなご用かはわからないけれど、いずれにしろ失礼な格好で参るわけにはいきません。最低でも、きちんとした服装に整えねばならない。ですが、もうすっかりくつろいでいた夜のこと。その時に着ていたのは、ヨレヨレの直垂でした。

直垂は、私ども武士の普段着です。せめて、もう少しマシな、きれいに洗ってあるパリッとした直垂に着替えなければ、とても参上はできません。ところが、この夜に限って、着替え用の直垂がなかなか見つからなかったのです。

私が、「さて、こまった」と着替えさがしに手間取っておりますと、また使いの者がやってきました。そして、こう伝えてきたのです。

「時頼さまより、ふたたびのご伝言です。

『なかなかいらっしゃらないのは、着替えの直垂がなくてこまっているからではありませんか。どうせ夜のことだし、プライベートな用でお呼びしているだけです。着替えなどうでもよいから、今の格好のまま気軽な気持ちで来てください』

とのことです」

さすがは時頼さま。こちらの事情を見ぬいていらっしゃいました。

私はすっかり感心して、仰せのとおり、そのヨレヨレの直垂のままで、すぐに時頼さま

がお待ちの部屋にむかいました。すると、時頼さまはニコニコしたお顔で、

「やぁ、急に呼びつけてすまんですなぁ」

と、私を出迎えてくださいました。

見るとその手には、酒の入った容器の「銚子」と、安っぽい土の素焼きの杯がにぎられております。

「じつは、これで一杯やろうと思っておったのですがな。夜、独りでだまってチビチビと呑むのは、どうにもさびしくて。できることならあなたと一緒に呑みたいなぁ、と。それで、申し訳なかったが、急にお呼び立てしたと、こういったしだいなのです」

時頼さまは、銚子を私に見せて、こう穏やかにお話しになります。私もうれしくなって、

「ああ、そうでしたか。それは、ありがたいおさそいです。よろこんでお相手させていただきます」

と、申し上げました。すると時頼さまは、

「すみませんな。私のわがままに付きあっていただいて。

さて、と。そこでじつは、一つこまったことがありましてな。

酒のツマミになるものが、なにもないのです。

もう、こんな夜更（よふ）けです。召使（めしつか）いたちはみな、すっかり眠（ねむ）っているでしょう。それを起こしてツマミを用意させるというのも、気の毒だ。

そこで、あなた。すまん、ついでです。ひとつ、あなたが、どこでもよいから行ってきて、なにか適当（てきとう）にツマミになりそうなものをさがしてきてくださらんか」

と、じつに楽しげなご様子（ようす）でおっしゃいます。執権（しっけん）という最高（さいこう）の地位（ちい）にありながら、召使（めしつか）いまで気づかう時頼（ときより）さまのやさしさ。私（わたし）はじつに感動（かんどう）して、

「かしこまりました。おやすいご用です。しばらくお待ちください」

と、快（こころよ）く引き受けると、さっそく明かりに火をつけ、屋敷（やしき）の部屋（へや）を方々（ほうぼう）まわってみたのです。しかし、これといったものも見つからず、ようやく台所の棚（たな）で、ミソがほんの少し盛（も）られた素焼（すや）きの器を、見つけました。

わずかのミソだけなど執権（しっけん）が召（め）し上がる酒のツマミとしては、あまりに安っぽくて下品（げひん）で失礼（しつれい）になる……とは、私（わたし）は思いませんでした。

ふだんから贅沢（ぜいたく）など決して求めず、だれにでもフランクでやさしい時頼（ときより）さまです。きっとこんなものでも納得（なっとく）してくださる。そう私（わたし）は確信（かくしん）して、その器を手にして部屋（へや）へもどったのです。

「こんなものを見つけてまいりました」

私がそれをお見せすると、思ったとおり、時頼さまはとても素直におよろこびになって、

「ああ、結構、結構。それで十分です」

とおわらいになりました。そして杯を私に差し出されて、

「では、一献」

と酒をついでくださいました。

こうしてその夜は、時頼さまはたいそうなご機嫌で、ミソをつまみながら、じつにうまそうに何杯も杯を空けられたのです。

ご一緒させていただいた私にとっても、あの夜の酒は本当にうまかった。

昔の武士はね、このようだったのですよ。


——と、これが宣時殿の思い出話じゃ。

どうかな。なかなか良いエピソードじゃろう。

だが宣時殿は、ここまでは楽しそうに話されたが、最後にポツンと一言、

「いい時代でしたなぁ」

と付け加え、小さなため息を一つ、つかれた。そして、そのお顔に、さびしげというよりも、なにやら「残念だ」とか「悔しい」とかいう感じの憂いを、うかべたのじゃ。

そう。昔の武士は、本当にこのようであった。

宣時殿の時代も今も、武士の支配する世であることには変わらぬ。だが、その武士のすがたが、昔と今とではおおいに変わってしまった。

かつての武士は、最高の権力者でさえ、このように質素で、贅沢など求めなかった。生活のちょっとした楽しみに十分なよろこびを見出して、それで満足しておった。

そこが、やたらと贅沢を求める都の貴族たちとのちがいだったのじゃ。

しかし、最近はどうものォ……。

今どきの鎌倉幕府の高官どもは、お世辞にも、質素で心やさしいとは、とてもいえん。どいつもこいつも贅沢ざんまいで、国のカネを自分らの欲望のために無駄使いしとる。やたらと豪勢な屋敷を建てて、毎日あそび暮らしておる。

今の時代は、武士も、武士を怨んどる一部の貴族も、同じじょ。おのれの贅沢のために世のなかを好きにしたいだけなのじゃ。愚かしい欲望で凝りかたまっておるのじゃ。

はたしてこの国の行く末は、どうなるのかのぉ……。

（第二百十五段）

大根のご利益

これは、本当にあった話じゃ。

九州に、なんとかという名前の「押領使」がおった。押領使というのは、地方を守る武士の役職じゃ。鎌倉から遠くはなれた土地の治安維持を、幕府より任じられた者が務める。それほどの上級職というわけでもないが、それなりの屋敷をかまえて、その地方で暮らしておる。

で、この押領使には、ちょっと変わった信念があっての。大根を「どんな薬よりもすばらしい、健康に一番の特効薬なのだ」と信じておって、毎朝必ず大根を二切れ、焼いて食べるのじゃ。その習慣を、何年も何年も続けておった。

さて、ある日のこと。

その日はたまたま、屋敷には家来どもがだれも控えていなかった。押領使と、あとは数人の召使いだけで、つまりは、屋敷の守りが手薄となっておった。

地方は、都とちがってどこでも物騒じゃからの。守りの兵がいない屋敷ともなれば、山賊、盗賊の類におそわれることなどめずらしくもない。それに、地方には、鎌倉幕府に反抗する武士どもだって、わりとおる。そうした敵が、幕府の出先機関である押領使の屋敷を狙っておそってくることも、ないとは限らぬ。

要するに、この日の押領使は、かなり危険な状況だったのじゃ。

案の定、屋敷が手薄だというのが、盗賊だか反抗武士の一団だかに、嗅ぎつけられたようでの。押領使が気づいた時には、手に手に武器を持った敵の一団が、屋敷をぐるりと取りかこんでおった。

「しまった。これでは逃げられぬ」

まさに絶体絶命の大ピンチじゃ。屋敷内には戦える者は、だれもいない。こうなっては援軍を呼びにやるなど、とうていできぬ。たった独りでこれだけの敵と戦っても、勝てようはずがない。

と、思うまもなく、敵は「ウオーッ」と口々にさけんで、武器をふりかざし屋敷内へ飛びこんで来た。

「もはや、これまで」

押領使が死の覚悟を決めて「せめて華々しく戦って死のう」と、部屋から出ようとした、まさにその時！

バタンッと、屋敷内のどこからなにやらはげしい音がした。そして、その音のあたりから、よろいに身をつつんだ屈強な二人の武士があらわれた。彼らは、あらわれるが早いか、おそってくる敵のまっただなかへ飛びこんでいった。

二人は、まるで「命も惜しまぬ」といった勢いで刀をふり回し、目の前の敵を次々となぎたおしていった。

いやもう、その強いのなんの。鬼神のごとしじゃ。敵どもはバッタバッタと斬りたおされ、屋敷のなかは見る見るうちに、敵の屍の山よ。

さすがに、敵もすっかりひるんでしまった。生きのこった連中は、二人の武士にギロリとにらまれると「ヒー」と泣きさけぶような声をあげて、あわてふためき、クモの子をちらすように逃げていった。

こうして屋敷は、ふたたび静寂につつまれた。押領使は助かったのじゃ。

だが、この二人はいったいだれなのか。どこからあらわれたのか。

押領使は不思議でしかたがない。

「かたじけない。お二人のおかげで、敵に勝て申した。まったく見事なお働きでありました。お礼申します」

と、礼をのべたあとで、

「……それにしても、いったいあなた方は、どちらのご家臣か。ふだん、この屋敷にはおられぬ方々が、どうしてまた、このようにわが屋敷を守ってくださったのでしょう」

と、問いただした。

すると二人は、押領使の前にきちんと座ると、深々と頭を下げて、おもむろにこうこたえたという。

「拙者どもは、あなたさまより毎朝、かたじけなくもお世話いただいている者でございます」

「このたびのことは、せめてものご恩返し。お役に立てて、まことに光栄にぞんじます」

押領使は、ますますわけがわからない。

「どうか、頭をお上げくだされ。すまぬが、私にはまったくおぼえがない。いったい、あなた方はどなたなのですか」

「はい、拙者どもは」

二人は、ニコッとほほえんで押領使の顔を見つめると、

「毎朝、あなたさまがご信頼くださりお食べくださっている大根の精霊なのでございます」

そういって、スーッと消えていってしまった。

後にはもう、二人のすがたは影も形もなくなった。

「そうだったのか……」

押領使はようやく納得すると、その場で手をあわせた。

そして、それからもずっと、毎朝二切れの大根を、感謝しながら食べ続けたという。


どうじゃったかな、この話。

人の、なにかを信じてうやまう純粋な心。そうした心には、きっとなにかがこたえてくれる。信じる心のパワーは、きっといつか、その身を救う奇跡を呼びよせるものなのじゃ。

この世には、人がふだんは気づかぬ、かんたんには理解しきれぬ存在が、ある。神さまがいらっしゃって、仏さまがいらっしゃって、そして、大自然のさまざまな精霊たちがお

る。人はそうした存在にかこまれて生きておる。
それを忘れては、いかんのじゃ。
それを忘れず、うやまう心を持つ者にはきっと、このようなご利益があるものよ。
（第六十八段）

未来を見ぬく力

この国の武士のすべてがすべて、鎌倉幕府の家来で幕府にだけ忠誠を尽くしとるというわけでは、ない。地方には、幕府に反抗的なその地元の武士も、おる。その一方で、この都にはもちろん、帝に仕えて御所をお守りする武士も、おる。

上皇さま、あるいは他の身分の尊い方々がお屋敷から外出なさる時に、その方々の牛車を警護する武士を、「随身」と呼ぶ。なにしろ、わが国トップ・クラスの尊い方々をお守りするのじゃからな。このお役目に就いている武士ともなればもちろん、あらゆる武芸に秀でておる。

武芸といえば、まず弓であり、そして剣術であり、さらには馬の扱いも重要じゃ。

都の貴族にとっては、乗り物といえば、まず牛車じゃ。しかし武士となれば、古来、馬の背にまたがっていさましく駆けるものじゃ。

貴族はふつう、「都の通りなんぞで馬の背に乗って、自分のすがたを外にいる身分の低い者どもに直接さらすなど、恥ずかしい」と思っておる。けれど、わしは、馬というのは牛車よりずっと速く駆けるし、どんなに荒れた田舎道でも山のなかでも自在に動けるし、なかなか便利な乗り物だと思うぞ。さすがにこの歳で、自分も乗ってみたいとまでは思わんがの。

さて、この御随身のお役目に就いておる武士で、秦重躬という者がおった。

この男がある時、別の武士の顔をしげしげとながめて、

「あなたさまには、落馬の相があります。いつか乗っている馬から落ちる。そんな危険なあなたの未来が、私には見えるのです。どうか、よくよくお気をつけなさい」

と、神妙な面もちで忠告した。

この予言を受けたのは、この都より遠く東の下野国の出身で信願という名の「北面の武士」じゃ。

北面とは、上皇さまのお屋敷を警護するお役目の者。これまた当然、武芸に秀でた屈強の武士じゃ。ましてや、東国で生まれ育った武士ともなれば、馬のあつかいにもすっかり

慣れておろう。

それで、この予言を聞いた他の者たちは、

「まさか、信願殿に限って馬でミスするわけがない。重躬殿の予言など、まったく当てにならぬ」

と、だれもが口々に語り合っていた。信願殿当人も、やはりそんな予言など、まるで気にしていなかった。

ところが、じゃ。

それからほどなく、その予言が当たってしまった。信願殿は馬から落ちて、なんと死んでしまったのよ。

まわりの者たちは、ビックリ仰天じゃ。

「予言が当たった。重躬殿、おそるべし！」

「重躬殿は、未来を見通せるのか？　まるで神さまのようではないか！」

「さすが、御随身として超一流のお方だ。武芸をきわめつくして、もはや人間を超えた超能力を身につけておられるのだ」

と、みなはすっかり感心して、重躬殿をおそれうやまった。

そこで、一人の男が、おそるおそる重躬殿に直接、たずねてみた。

「信願殿に見られた落馬の相とは、いったいどんなものだったのでしょうか。やはり、ふつうの人間ではわからぬ未来のすがたが、重躬殿のお心にうつしだされたのでしょうか。あの予言は、神の力によるものなのでしょうか」

すると、こう聞かれた重躬殿、キョトンとして相手の顔を見たが、しばらくして、こうこたえた。

「ああ、そのことですか。いや、そんなむずかしい話ではない。

信願殿は昔から、馬に乗る時、鞍から尻をずいぶんとうかせるクセがあったのですよ。だから、いつも馬の上で安定がわるかった。それにあの人は、どうも、気性の荒い馬を好まれるところがありましてな。『馬は荒っぽいぐらい元気でなければいかん』などと、よくおっしゃっておった。

荒馬にそんな乗り方で乗っていれば、どんなに馬が得意だとて、いつかは落ちるでしょうよ。だから私は、それが気になって忠告してあげたんですがね。

……で、私がなにか『神の力』だのなんのと、そんな奇妙な言葉を口走ったことがありましたっけか……?」

こうアッサリと、予言の理由を説明してのけてしまった。

聞いた者は、あまりにも平凡で常識的な、当たり前すぎるくらい当たり前のこの説明に、すっかり拍子ぬけした。

「あ、ハァ……。それだけのことで……」

「ええ、それだけのことです」

聞かれた重躬殿も、そんな当たり前の話を深刻な顔で問いつめてきた相手の気持ちがわからず、あとはただ呆然としていた。そして二人して、しばし無言で顔を見あわせていたという。


さて、このエピソード、ちょっと聞いただけでは、ただのわらい話にすぎぬとも思えてしまうじゃろう。しかし、なかなかどうして、わしは、深い意味が読み取れると思うぞ。重躬殿が未来を見ぬいた理由は、たしかにいわれてみれば、単純でだれでも気づくようなことじゃ。

しかし、現実には、その「だれでも気づくようなこと」に気づいていたのは、重躬殿ただ一人だった。他はだれもが、見落としていた。

人はふだん、ちょっと気をつけていればすぐにわかるような、どうということのない事実でも、ついつい見逃しているものよ。人間のふだんの観察力なんぞ、じつに当てにならぬ。

しかし、日ごろから自分の目指す道に真剣に取り組んでいる者は、その道のことについては、いつでもよく観察し注意しておる。だから、ちょっとした物ごとにも目が行きとどく。

重躬殿は、随身として武芸のスペシャリストであり、なればこそ、他人の乗馬のクセなども、ふだんからよく見ていたのじゃ。この意味で、重躬殿はやはり、並の武士ではない。どんなに平凡でありきたりのことでも、それを最初に見ぬき、その意味に気づけるのは、その道に本当に通じている一流の人なればこそ、というわけよ。

あとからそれを教えられて「なんだ、そんなつまらないこと」などと軽く考える者は、しょせんはその道の素人にすぎぬ。

（第百四十五段）

心の乱れを生む原因

人はだれしも、どうでもよいことを次々と心にうかべてしまう。それも、なにかに真剣に取り組まねばならぬ時、なにかに精一杯の力を注がねばならん時に限って、そうした心の乱れにおそわれる。

いわゆる「雑念」というやつじゃな。

雑念がうかぶと、目の前の肝心なことが、ついついおろそかになってしまう。心がボウッとしてしまって、やらねばならんたいせつな仕事が、ペースもおそくなり、成果も落ちてしまう。時として、取り返しのつかぬミスにまでつながってしまう。

雑念とは、まったくこまったものじゃ。

人はそんな時、

「ああ。どうしてこう、自分の心に雑念がうかぶのだろう。いったいなぜ、人の心とは思うようにならず、うかんでほしくないジャマな気持ちが、次々とうかんでくるのだろう」と、なやむ。うかんでくる雑念を怨んで、イライラする。

だが、わしが考えるに、雑念がうかんでしまう原因は、結局のところ、すべて自分の責任なのじゃや。自分の心の隙が、雑念を心に呼びこんでしまうのじゃ。

それは、こんなたとえで説明すれば、よくわかるじゃろう。


たとえば「ちょっとした田舎ふうの場所に、一軒の家がある」としよう。

まずは、そんな家のすがたを想像してみるがよい。

次には、その家のなかを想像してみい。どんな間取りを思いうかべても、それはかまわぬ。

それでな、とにかく「そのなかの一番立派な部屋に、一人の男が座っている」と思うのじゃ。どうじゃ、男のすがたがうかんできたかの。

その男は、家の主人じゃ。

その家には、ちゃんと主人がおって、いつでもそこで暮らしておる。

そうした家には、用もない他人がかってにズカズカと上がりこんでくるなど、あり得ぬ。

だから家のなかは主人がいるだけで、あとは、きれいなものじゃろう。きちんと片づいていて、家に関係ないものなど、なにもない。

そういう様子が、想像できたはずじゃ。

さて、では次。

その想像の家が、今度は主人がおらん所だとしてみよう。家のなかにはだれもおらん。

どうじゃ、想像できたかの。

さあ、こうなると家のなかは、どうなっておるかの。

なにやら家のなかに、ウロウロしている人影があるぞ。

ただの通りすがりの者が、家にだれもいないと気づいて、おもしろ半分のひまつぶしに、入ってきたのじゃろう。そいつはだれにも怒られないのをいいことに、家のなかをきたないドロ足のまま好きかってに歩いとる。部屋の戸をけとばしたり、台所の食べ物をかってに喰い荒らしたり、やりたい放題。家のなかはどんどんよごされて、ひどいありさまじゃ。

やがて夜が更けてくる。すると今度は、月明かりに照らされて、家のなかに別のなにかの影がうごめいとる。耳をピンと立てた四ツ足の生き物じゃ。

キツネじゃな。家のなかに人の気配がまったくないので、いつからか平気で、この家に住み着いていたのじゃ。夜になると、こうして家のなかのあっちこっちを走り回っとる。
それだけではない。さらには、家のなかをバタバタと音を立ててとびまわる影が、あるぞ。

フクロウじゃな。こちらもまた、人がいないのを幸い、なにも怖がらずに入りこんできたというわけじゃ。

キツネにしろフクロウにしろ「わしらを追い立てる人間などいない。ここにはなにも恐れるものはない」とばかりに、わが物顔で家のなかをうろついとる。

どうじゃ。想像できているか。

夜はさらに更けていく。キツネやフクロウどもも暴れ疲れたのか、いつしか静かになっとる。すると次には、どうにも生き物とも思えぬ不思議な影が、家のなかをうごめき出した。

そのすがたは、やたらと太い身体に細い手が何本も生えているようじゃ。そいつがヌーッと立って、そのままズズッ、ズズッと這うように家のなかを動いとる。

いったいなんだかわかるかの？

その正体は「木魂」よ。何千年も育った老木が変化した木の精霊じゃ。つまりは、妖怪

よ。

……とマァ、主人の住まぬ家は、昼も夜も奇妙な物たちがウロウロして、荒れ放題となるものよ。

どうかな。二つのちがった家の様子、想像できたか？

このたとえの意味は、わかるかの？

家はすなわち、人の心じゃ。そして、かってに上がりこんできた通りすがりの乱暴者、キツネやフクロウ、妖怪の類こそが、すなわち雑念というわけよ。

家にちゃんと主人がいれば、こうした連中は入ってこない。家のなかは、いつでもきちんと片づいとる。すなわち、心に主人がいれば、雑念など起こらず、心はいつもすっきりしているものなのじゃ。

心のなかの主人。

それは、「自分がなにを目的に生きているのか、今をなにのためにすごしているのか」といったことをしっかりと見すえた、いわば人生の信念じゃ。

それをいつでも心に宿してさえいれば、なにごとに立ちむかう時でも、なにごとを行う時でも、「今の努力は、人生の目的のためなんだ」といった強い思いに支えられて、おのずと、ひたすらがんばるようになる。

そうなれば、雑念など心に入りこんでこぬものよ。


さらには、人の心とは、別のものにたとえるなら、鏡のようなものじゃ。

鏡を、のぞきこんでみぃ。鏡のなかには、その鏡が初めからそなえている色もなければ、初めからなにかの形が鏡のなかに入っているということもない。だからこそ、あらゆる物が鏡に映し出される。つまり、あらゆる物のすがたが、鏡のなかに入っていく。

もし鏡のなかに、独自の色やなにかの形が初めからそなわっておれば、鏡の前になにがあらわれても、そのすがたが鏡に入ることはなかろう。

独自の色も形も持たぬ鏡とは、いってみれば、なにもないカラッポの空間よ。カラッポの空間というのは、なんでもかんでも受け入れてしまう。なんでもかんでも、入りこんでくるのを好きにさせてしまう。

人の心もまた、同じじゃ。もともとは、カラッポなのじゃ。だから、そのまま放っておくと、いつまでたっても、なんでもかんでも入り続けてくる。

どうでもよい雑念が、次々と入りこんでくる。

だから、独自の色や形を、作り上げなければならん。余計なもののすがたがかってに映らぬよう、自分だけの色と形をそなえつけなければならん。

人生の信念を、持たねばならんのじゃ。

人の心に、望まぬにもかかわらず雑念が起こって、仕事がはかどらなかったりミスをしてしまったりするのは、人生の信念をしっかりと持っておらぬからじゃ。それさえあれば、雑念など起こらぬ。

雑念が入りこもうとしても、そんなものは、人生の信念がはね返してくれるものよ。


（第二百三十五段）

語り合いの楽しみ

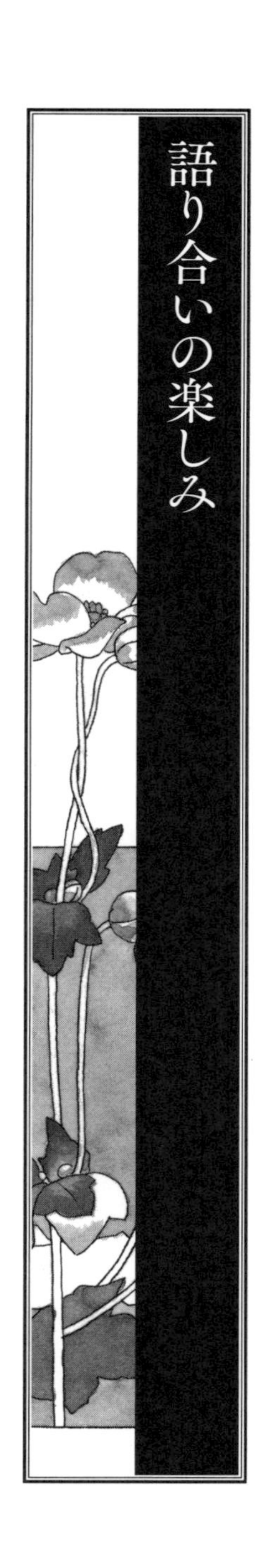

だれかと語りあう。おしゃべりする。

これは、言葉を知らぬ動物には決して味わえぬ、人間だけが神仏よりいただいた楽しみであり、大きなよろこびというものじゃ。

わしももちろん、人と話をするのは大好きじゃ。

「隠者は、世のなかからはなれて生きているのだから孤独が好きで、いつも独りでいたいのだろう」などと考えとる人も、多いようじゃがの。それは、大きな誤解というものよ。隠者が嫌っているのは、人間ではない。「人の世のしくみ」じゃ。

だれが偉いとか偉くないとか。決まりだからこうせねばならないとか、こうしたらみっともないとか。こうすればカネを儲けられるとか損をするとか……。そんなくだらんことばかりに、ふりまわされる。それが人の世というものよ。

そんな「人の世」を嫌ってスッパリと捨てる道を選んだのが、隠者の人生というわけでな。だが、それでも、損得や身分と関係なくつきあえる友は、決して捨てておらぬ。人の心、人の愛は、決して捨てぬ。

考えてもみぃ。もし人間そのものが本当に嫌いで、「他人の顔など見たくもない」といった心境だったら、わしは、とっくの昔にこの都から出て、遠くはなれた田舎にでも引っこんでおるわ。わしが、この京の都の片隅でこうしてヒッソリ生きておるのは、大好きな人間というものと、いつも接していられるからよ。

というわけで、わしは、人と語りあうよろこびを、いつも求めておる。しかし現実問題、本当に語りあいの楽しみをあたえてくれる友というのは、そうそういるものではない。

人にはだれしも、好き嫌いがあり、その人なりの価値観というものがある。その人にとって、なにが楽しいのか。なにによって笑顔となれるのか。そして、なにをすばらしいと感じるか。なにを正しいとみとめるか。

そんな好き嫌いや価値観が自分とピッタリ同じのすっかり気のあった友と、時間を気にせずなんの遠慮もなく、のんびりと、そしてしんみりと語りあう。

これは、本当に大きなよろこびじゃろう。

話題はなんでもよい。たがいが楽しんでいる共通の趣味について。あるいは、直接関係ないような世間のちょっとしたうわさなどについて。「このあいだ、こんなものを手に入れたよ」とか「こんなうわさを聞いたんだ」とか、どんな話題でも、気のあった友となら、おしゃべりはとても盛り上がる。

話題そのものがたいせつなのではない。

その友と語りあっているという事実が、よろこびなのじゃからな。

たがいになんの隠しごともない。言葉に裏表などない。会話のなかで、相手を引っかけてやろうとか、いい負かしてやろうとか、そんなドス黒いたくらみは、ほんの少しも持ちあわせておらぬ。そうした相手と語りあう。これほど、心をなぐさめられることは、なかろう。

けれど、そこまで気心のあった友というのは、めったにおらぬ。たとえたった一人でもそうしたおしゃべり相手を持っとるとしたら、それはたいへんな幸運というものよ。

したがって現実には、そうそうなにからなにまで気のあっているわけではない人と、しゃべることになるものだがの。気のあわぬ相手としゃべらねばならぬ場合は、どうしたってよろこびばかりではない。腹立たしさやいらだちを我慢せねばならないことが、よく起こるじゃろう。

マァそれにしても、我慢の限度というものがあるの。

たとえば、おしゃべりの相手がまったく気のあわぬ人で、しかも、その場の状況や立場上、その人のいうことに反論するわけには行かぬといった時。これほど、おしゃべりがくるしくて空しくなることは、あるまい。

相手は、さも自慢気に自分の意見や好き嫌いについて、とうとうとしゃべり立てる。こちらは「逆らうまい」と思うから、ただだまって聞いて、時折、心にもない相づちを打ってやる。すると相手は「自分の話にすっかり感心している」と、こっちの気持ちをまるで逆に解釈して、ますます得意になる。ますますベラベラと、しゃべり続ける。

そんな状況にずっと耐えていると、ついには、相手の話し声など、ただの耳ざわりな雑音にすぎなくなってくる。話の内容など、まるでこちらの頭に入ってこぬ。

時折、頭にひびいてくる言葉といえば、「なっ、アンタもそう思うだろ」などといった、こちらの同意をうながす声。前後の話などなにも聞いておらぬが、もうどうでもいいや、という気分になって「ああ、そうですね」と、こたえてやる。そんな苦痛の時間が、いつまでも続く。

こんな場では、目の前に語りあう相手がたしかにいるはずなのに、まるで「たった独りぼっちでポツンとそこにいるのを我慢している」といった気分になるものじゃ。

わしも昔は、よくそんな思いをしたものよ。読者のアンタも、きっとそんな辛さを味わったことがあろう。人の世に生きていれば、めずらしくもないことじゃからの。

もちろん、好き嫌いや価値観のちがう相手とでも、それなりに語りあう楽しみを得られる場合だって、ある。

相手の意見を聞きつつ、こちらの意見もきちんといえる。対等に意見を戦わせることができる。そんな語りあいならば、それはそれで、いいものよ。

こうした時のおしゃべりは、たがいにちゃんとした心がまえがなくてはならん。それは、「自分の意見をのべる場合、それをいきなり相手に押しつけるのではなく、筋道立てて話し、相手に正しく伝わるように努める」

という気持ち。そして、

「相手の意見が、どれほど自分のとちがったものだったとしても、相手がしゃべっている時はじゃまをしない。相手のいい分は、最後までしゃべらせてやる」

といった思いやりじゃ。

そうした心がまえを持てている者どうしの語りあいなら、自分とちがう意見であっても聞いているうちに、

「なるほど。そうした考えもあるのか。これはこれで、聞く価値がある」

と思えてくるものよ。

そして、たがいの意見をのべ合ってから、やはり意見の食いちがう点については一つ一つ「私は、そうは思わない」と反論する。そして「私は、そもそもコレコレこうだと考えるから、その点は、こうするのが正しいと思う」などと、自分の反論の理由、根拠をきちんとのべる。もちろん、相手が自分に反論してきたら、それもまたちゃんと聞いて理解してやる。

そんな語りあいを、冷静にくり返していけば、色々と新しい考えが生まれたり、自分がそれまで気づくことのなかった価値を発見できたりするものじゃ。

こうした類のおしゃべりは、時としてはげしく白熱して、ちょっと荒っぽい感じになっ

たりもするがの。なにも知らぬ他人が、こうしたおしゃべりの場にいきなり出くわしたら、ケンカをしているのかと勘ちがいするかもしれぬ。

それでも、最後までたがいが、ここに説明してきた心がまえを忘れずにおれば、結構楽しい退屈しのぎになるし、さびしい心のなぐさめにもなるものよ。こんな語りあいでも、だれともしゃべらず独りぼっちでだまっているよりは、よっぽど幸福になれるのじゃ。


とはいってもな……。

やはり、それでもおしゃべりの相手というのは、少しくらいはなにか心に共通点がほしいものじゃよ。せめて、ほんのちょっとは「うん、まさにアンタのいうとおり」といえるものが、あってもらいたい。

なにからなにまでまったく価値観がちがう相手との語りあいでは、どこまで行っても平行線じゃ。こちらのいい分を、一つとしてわかってくれぬ。あちらのいい分が、一つとして納得できぬ。そんなおしゃべりは、どれほどたがいが表むきは冷静だったとて、ただ淡々と時間が流れるだけで、結局は空しさしか残らぬ。

おしゃべり相手の最低条件というのは、その相手と一つくらいはなにか共通意見がある

ということじゃ。わしが思うに、せめて「日ごろから不満に思っているなにか」さえ共通していれば、どんな相手とでも、おしゃべりはそれなりに盛り上がる。

「わしは、あれがゆるせんのじゃ」

「ああいうことは、けしからん」

人間、そうした話題になると不思議なくらい気分が高まるものでの。マァ、身も蓋もなくいってしまうと、なにかに怒りをぶつけるというのは、スカッとするものじゃからの。だから、そうした話題で意見があって意気投合できる相手と、一緒になって怒りを発散させるのは、それだけで楽しいものよ。

マァもっとも、そうやってなにかの怒りや不満を一緒になって語り合って、おおいに気炎をあげて、その場はそれなりに盛り上がったとしても、そこからなにか新しい考えが生み出されたり考えが発展したりといったプラスの成果は、そうそう得られぬものだがの。しょせんはストレス解消のひまつぶしにすぎない、なんて場合のほうが、多いのう。

いってしまえば、それだけのことよ。

あたりさわりのない話題、世間のだれでもわかるような軽い話題、その程度の話題でおしゃべりを盛り上げられる相手なら、見つけるのにそれほどの苦労はない。

だが、そんな相手との語りあいは、その時はおしゃべりがいくら盛り上がったとて、それでも、相手と自分の心にたいへんな距離があると実感してしまって、ふとさびしくなってしまったりする。

自分がかかえる人生のくるしみや、生きるなやみ。
そんなたいせつな問題について、心の底から真剣に語りあえる友。
おしゃべりによって、本当のなぐさめやよろこびをあたえてくれる友。
そんな友だちは、そうかんたんには得られぬものよ。

（第十二段）

あとがき

すばらしい古典の作者たちは、みずからが生きた時代の活力をエネルギーにして、自分の個性にみがきをかけ、そして多くのおもしろい文章を書き残してくれました。ですから古典とは、その作品が書かれた時代の空気、文化の味わいを、私たち後世の読者にも存分に伝えてくれて、楽しませてくれるものなのです。

私たちの国にあって育まれてきた文学の歴史は、「上代・中古・中世・近世・近代・現代」と、時代ごとに分けられます。

『徒然草』は、中世文学の傑作です。中世とは、鎌倉時代から室町時代、そして、いわゆる戦国時代までを指します。文学のジャンルとしては「随筆」になります。

随筆とは、作者がみずからの体験や興味深く思った出来事、世のなかに対する自分の考えなどを、自分の気持ちを中心に自由につづった文章です。ですから、そこには作者の立場や人生観が、色濃く反映されます。

『徒然草』の作者・兼好法師は僧侶ですが、ふだん寺では暮らさず、都のはずれに小さな自分の家（庵といいます）を建てて、そこで質素な一人暮らしをいとなむ人でした。そして、都のふつうの人々と日常的に接していました。

ふつうに世のなかの空気を吸って生きてはいましたけれど、その世のなかから一歩しりぞいたポジションの人だったのです。いわば「世のなかの当事者」ではなく「観察者」として、世間のさまざまなものを見、体験して、それについて深い考察をかさねていったのです。

この兼好のような立場の人を「隠者」とか「遁世者」とよびます。私たちの国には、こうした隠者の書く文学が、一つの伝統としてあり続けています。これを「隠者文学」などともよびます。隠者文学は、ふだん日常を忙しく生きる人ではなかなか気づかない人生の真理を、私たちに教えてくれます。

兼好が隠者となったのは三十歳前後のころと、伝えられています。『徒然草』は、隠者生活に入った彼が長年にわたって書きためた文章を、五十歳のころになってようやくまとめたものです。彼はその後も隠者としての人生を送りつづけ、七十歳くらいで亡くなりました。

兼好の生きた鎌倉時代の終わりごろとは、武士の政権の第一号だった「鎌倉幕府」がじょじょに弱体化して、それをつぶそうとする新たな勢力が台頭しはじめてきた時期です。やがて歴史は、戦乱の時代へと突入していきます。その戦乱を経て、次の室町時代に移っていくのです。

そんなふうに歴史がめまぐるしく変わっていくなか、兼好は静かに世のなかをみつめ、さまざまな立場の人間のさまざまなすばらしさ、そして弱さを、見出していきました。その文章は、こんにちの私たちにも通ずる人生の教訓として深い意味が読みとれ、味わいがあります。

兼好のメッセージは、時代も立場もこえて人間そのものへと、送られているのです。

長尾　剛

『徒然草』原文（抄）

序段

つれづれなるままに、日くらし、硯にむかひて、心に移りゆくよしなし事を、そこはかとなく書きつくれば、あやしうこそものぐるほしけれ。

第十一段

神無月のころ、栗栖野といふ所を過ぎて、ある山里に尋ね入る事侍りしに、遥かなる苔の細道を踏み分けて、心ぼそく住みなしたる庵あり。木の葉に埋もるる懸樋の雫ならでは、つゆおとなふものなし。閼伽棚に菊・紅葉など折り散らしたる、さすがに、住む人のあればなるべし。

かくてもあられけるよとあはれに見るほどに、かなたの庭に、大きなる柑子の木の、枝もたわわになりたるが、まはりをきびしく囲ひたりしこそ、少しことさめて、この木なからましかばと覚えしか。

「冬の初めのある日のこと」（本文54頁）

第十二段

同じ心ならん人としめやかに物語して、をかしき事も、世のはかなき事も、うらなく言ひ慰まんこそうれしかるべきに、さる人あるまじければ、つゆ違はざらんと向ひゐたらんは、ただひとりある心地やせん。

たがひに言はんほどの事をば、「げに」と聞くかひあるものから、いささか違ふ所もあらん人こそ、「我はさやは思ふ」など争ひ憎み、「さるから、さぞ」ともうち語らはば、つれづれ慰まめと思へど、げには、少し、かこつ方も我と等しからざらん人は、大方のよしなし事言はんほどこそあらめ、まめやかの心の友には、はるかに隔たる所のありぬべきぞ、わびしきや。

「語り合いの楽しみ」（本文149頁）

第三十一段

雪のおもしろう降りたりし朝、人のがり言ふべき事ありて、文をやるとて、雪のこと何とも言はざりし返事に、「この雪いかが見ると一筆のたまはせぬほどの、ひがひがしからん人の仰せらるる事、聞き入るべきかは。返す返す口をしき御心なり」と言ひたりしこそ、をかしかりしか。

今は亡き人なれば、かばかりのことも忘れがたし。

「風流な友の思い出」(本文67頁)

第五十段

応長の比、伊勢国より、女の鬼に成りたるをゐて上りたりといふ事ありて、その比廿日ばかり、日ごとに、京・白川の人、鬼見にとて出で惑ふ。「昨日は西園寺に参りたりし」、「今日は院へ参るべし」、「ただ今はそこそこに」など言ひ合へり。まさしく見たりといふ人もなく、虚言と云ふ人もなし。上下、ただ鬼の事のみ言ひ止まず。

その比、東山より安居院辺へ罷り侍りしに、四条よりかみさまの人、皆、北をさして走る。「一条室町に鬼あり」とののしり合へり。今出川の辺より見やれば、院の御桟敷のあたり、更に通り得べうもあらず、立ちこみたり。はやく、跡なき事にはあらざンめりとて、人を遣りて見するに、おほかた、逢へる者なし。暮るるまでかく立ち騒ぎて、果は闘諍起りて、あさましきことどもありけり。

その比、おしなべて、二三日、人のわづらふ事侍りしをぞ、かの、鬼の虚言は、このしるしを示すなりけりと言ふ人も侍りし。

「伊勢の国から来た鬼」(本文73頁)

第五十二段

仁和寺にある法師、年寄るまで石清水を拝まざりければ、心うく覚えて、ある時思ひ立ちて、ただひとり、徒歩より詣でけり。極楽寺・高良などを拝みて、かばかりと心得て帰りにけり。

さて、かたへの人にあひて、「年比思ひつること、果し侍りぬ。聞きしにも過ぎて尊くこそおはしけれ。そも、参りたる人ごとに山へ登りしは、何事かありけん、ゆかしかりしかど、神へ参るこそ本意なれと思ひて、山までは見ず」とぞ言ひける。

少しのことにも、先達はあらまほしき事なり。

「知らんことは人に聞け」(本文26頁)

第六十八段

筑紫に、なにがしの押領使などいふやうなる者のありけるが、土大根を万にいみじき薬とて、朝ごとに二つづつ焼きて食ひける事、年久しくなりぬ。

或時、館の内に人もなかりける隙をはかりて、敵襲ひ来りて、囲み攻めけるに、館の内に兵二人出で来て、命を惜しまず戦ひて、皆追ひ返してんげり。いと不思議に覚えて、「日比ここにものし給ふとも見ぬ人々の、かく戦ひし給ふは、いかなる人ぞ」と問ひければ、「年来頼みて、朝な朝な召しつる土大根らに候ふ」と言ひて、失せにけり。

深く信を到しぬれば、かかる徳もありけるにこそ。

「大根のご利益」（本文125頁）

第八十九段

「奥山に、猫またといふものありて、人を食ふなる」と人の言ひけるに、「山ならねども、これらにも、猫の経上りて、猫またに成りて、人とる事はあんなるものを」と言ふ者ありけるを、何阿弥陀仏とかや、連歌しける法師の、行願寺の辺にありけるが聞きて、独り歩かん身は心すべきことにこそと思ひける比しも、或所にて夜更くるまで連歌して、ただ独り帰りけるに、小川の端にて、音に聞きし猫また、あやまたず、足許へふと寄り来て、やがてかきつくままに、頸のほどを食はんとす。肝心も失せて、防かんとするに力もなく、足も立たず、小川へ転び入りて、「助けよや、猫またよや、猫またよや」と叫べば、家々より、松どもともして走り寄りて見れば、このわたりに見知れる僧なり。「こは如何に」とて、川の中より抱き起したれば、連歌の賭物取りて、扇・小箱など懐に持ちたりけるも、水に入りぬ。希有にして助かりたるさまにて、這ふ這ふ家に入りにけり。

飼ひける犬の、暗けれど、主を知りて、飛び付きたりけるとぞ。

「妖怪『猫また』騒動」（本文43頁）

第九十二段

或人、弓射る事を習ふに、諸矢をたばさみて的に向ふ。師の云はく、「初心の人、二つの矢を持つ事なかれ。後の矢を頼みて、始めの矢に等閑の心あり。毎度、ただ、得失なく、この一矢に定むべしと思へ」と云ふ。わづかに二つの矢、師の前にて一つをおろかにせんと思はんや。懈怠の心、みづから知らずといへども、師これを知る。この戒め、万事にわたるべし。

道を学する人、夕には朝あらん事を思ひ、朝には夕あらん事を思ひて、重ねてねんごろに修せんことを期す。況んや、一刹那の中において、懈怠の心ある事を知らんや。何ぞ、ただ今の一念において、直ちにする事の甚だ難き。

「無意識のなまけ心」（本文35頁）

第百九段

高名の木登りといひし男、人を掟てて、高き木に登せて、梢を切らせしに、いと危く見えしほどは言ふ事もなくて、降るる時に、軒長ばかりに成りて、「あやまちすな。心して降りよ」と言葉をかけ侍りしを、「かばかりになりては、飛び降るとも降りなん。如何にかく言ふぞ」と申し侍りしかば、「その事に候ふ。目くるめき、枝危きほどは、己れが恐れ侍れば、申さず。あやまちは、安き所に成りて、必ず仕る事に候ふ」と言ふ。

あやしき下臈なれども、聖人の戒めにかなへり。鞠も、難き所を蹴出して後、安く思へば必ず落つと侍るやらん。

「木登り名人の話」（本文12頁）

第百十段

双六の上手といひし人に、その手立を問ひ侍りしかば、「勝たんと打つべからず。負けじと打つべきなり。いづれの手か疾く負けぬべきと案じて、その手を使はずして、一目なりともおそく負くべき手につくべし」と言ふ。

道を知れる教、身を治め、国を保たん道も、またしかなり。

「双六名人の言葉」（本文20頁）

第百十七段

友とするに悪き者、七つあり。一つには、高く、やんごとなき人。二つには、若き人。三つには、病なく、身強き人。四つには、酒を好む人。五つには、たけく、勇める兵。六つには、虚言する人。七つには、欲深き人。

よき友、三つあり。一つには、物くるる友。二つには医師。三つには、智恵ある友。

「友人の選び方」（本文105頁）

第百四十五段

御随身秦重躬、北面の下野入道信願を、「落馬の相ある人なり。よくよく慎み給へ」と言ひけるを、いと真しからず思ひけるに、信願、馬より落ちて死ににけり。道に長じぬる一言、神の如しと人思へり。

さて、「如何なる相ぞ」と人の問ひければ、「極めて桃尻にして、沛艾の馬を好みしかば、この相を負せ侍りき。何時かは申し誤りたる」とぞ言ひける。

「未来を見ぬく力」（本文133頁）

第二百九段

人の田を論ずる者、訴へに負けて、ねたさに、「その田を刈りて取れ」とて、人を遣しけるに、先づ、道すがらの田をさへ刈りもて行くを、「これは論じ給ふ所にあらず。いかにかくは」と言ひければ、刈る者ども、「その所とても刈るべき理なけれども、僻事せんとて罷る者なれば、いづくをか刈らざらん」とぞ言ひける。

理、いとをかしかりけり。

「命令をよく聞く家来」（本文86頁）

第二百十五段

平宣時朝臣、老の後、昔語に、「最明寺入道、或宵の間に呼ばるる事ありしに、『やがて』と申しながら、直垂のなくてとかくせしほどに、また、使来りて、『直垂などの候はぬにや。夜なれば、異様なりとも、疾く』とありしかば、萎えたる直垂、うちうちのままにて罷りたりしに、銚子に土器取り添へて持て出でて、『この酒を独りたうべんがさうざうしければ、申しつるなり。肴こそなけれ、人は静まりぬらん、さりぬべき物やあると、いづくまでも求め給へ』とありしかば、紙燭さして、隈々を求めし程に、台所の棚に、小土器に味噌の少し附きたるを見出でて、『これぞ求め得て候ふ』と申ししかば、『事足りなん』とて、心よく数献に及びて、興に入られ侍りき。その世には、かくこそ侍りしか」と申されき。

「昔の武士」（本文114頁）

第二百三十五段

主ある家には、すずろなる人、心のままに入り来る事なし。主なき所には、道行人濫りに立ち入り、狐・梟やうの物も、人気に塞かれねば、所得顔に入り棲み、木霊など云ふ、けしからぬ形も現はるるものなり。
　また、鏡には、色・像なき故に、万の影来りて映る。鏡に色・像あらましかば、映らざらまし。
　虚空よく物を容る。我等が心に念々のほしきままに来り浮ぶも、心といふもののなきにやあらん。心に主あらましかば、胸の中に、若干の事は入り来らざらまし。

「心の乱れを生む原因」（**本文141頁**）

第二百四十三段

　八つになりし年、父に問ひて云はく、「仏は如何なるものにか候ふらん」と云ふ。父が云はく、「仏には、人の成りたるなり」と。また問ふ、「人は何として仏には成り候ふやらん」と。父また、「仏の教によりて成るなり」と答ふ。また問ふ、「教へ候ひける仏をば、何が教へ候ひける」と。また答ふ、「それもまた、先の仏の教によりて成り給ふなり」と。また問ふ、「その教へ始め候ひける、第一の仏は、如何なる仏にか候ひける」と云ふ時、父、「空よりや降りけん。土よりや湧きけん」と言ひて笑ふ。「問ひ詰められて、え答へずなり侍りつ」と、諸人に語りて興じき。

「わしの幼いころ」（**本文94頁**）

文❖長尾剛【ながおたけし】
東京生まれ。作家。主な著書に、『漱石ゴシップ』『漱石山脈』（以上朝日新聞社）、『日本がわかる思想入門』（新潮OH!文庫）、『知のサムライたち』（光文社）、『新釈「蘭学事始」』『論語より陽明学』、『新釈「五輪書」』『話し言葉で読める「方丈記」』『話し言葉で読める「西郷南洲翁遺訓」』『ねこ先生』（以上PHP文庫）等がある。

絵❖若菜等【わかなひとし】＋Ki
イラストレーター。表紙・挿絵作品に、『三国志　全五巻』『源平盛衰記　全三巻』（以上ポプラ社）、『ジュニア版水滸伝　全十巻』『ジュニア版忠臣蔵　全五巻』（以上汐文社）、絵本にシートン動物記シリーズの『ぎざみみぼうや』『はやあしうさぎ』『わんぱくビリー』『はたおりすのぼうけん』（以上チャイルド本社）等がある。

すらすら読める　**日本の古典**　原文付き

徒然草【つれづれぐさ】

発行	2018年12月
文	長尾剛
作	兼好法師
絵	若菜等＋Ki
発行者	小安宏幸
発行所	株式会社　汐文社 〒102-0071 東京都千代田区富士見1-6-1 富士見ビル1F 電話03-6862-5200　FAX 03-6862-5202 http://www.choubunsha.com
デザイン	小沼早苗〔Gibbon〕
印刷・製本	シナノ印刷　株式会社

乱丁・落丁本はお取り替えいたします。
ご意見・ご感想はread@choubunsha.comまでお送りください。

NDC 913
ISBN978-4-8113-2528-6

※本書は、小社刊『大型版　これなら読める　やさしい古典　徒然草』（2006年11月刊）に原文を加え再編集したものです。